竜《りゅう》の木の約束

濱野京子 作
丹地陽子 絵

竜の木の約束

一

傘《かさ》の上ではねる雨音を聞きながら、校門をくぐりぬけた。今年は暖冬《だんとう》だったので、もう桜《さくら》の盛《さか》りは過《す》ぎて、枝先《えださき》には小さな葉が重なるようについている。地面に散った花びらが雨に打たれて泥混《どろま》じりになっていた。

校庭の桜《さくら》がきれいよ、と私《わたし》より先に学校を見に行った母はいった。もう当分、引っこしはないと笑いながら。けれど先のことなんてわからない。ここにだってどれくらいいるのかわかりはしないのだ。

中二の春、私《わたし》はここ、M市のはずれにある鷺山《さぎやま》中学校に転校してきた。それは小学校入学以来、三度目の転校だった。

転校第一日目は土砂降《どしゃぶ》りの朝から始まった。始業式の翌日《よくじつ》で、どうせなら初日から行けばいいと母はいったけれど、クラス替《が》えで落ちつかない雰囲気《ふんいき》がいやだった。ざわついた中にいきなり身をおくよりは、転校生であるという立場をはっきり示《しめ》した方がいい。

教室に行くまでの廊下《ろうか》を並《なら》んで歩きながら、担任《たんにん》の花田《はなだ》先生がいった。

「君は東京《とうきょう》から来たから、最初はいなかくさく感じるだろうけれど、いじめなんかも見かけないのんびりした学校だから、安心していいよ」

先生の名は花田創太《そうた》という。若《わか》い社会の先生だ。メガネをかけたちょっとインテリ風。

いじめか……。そういえばそんな光景を目にしたことも何度かあったっけ。でも、いじめることにも、いじめられることにも、私《わたし》は無縁《むえん》だった。私《わたし》のモットーは、近づきすぎず、無視《むし》をせず。うちとけすぎず孤立《こりつ》しすぎず。適度《てきど》の距離《きょり》を保《たも》つこと。

「守口桂《もりぐちけい》です。東京から越《こ》してきました。趣味《しゅみ》は読書と音楽を聴《き》くことです。よろしくお願いします」

と、しごく当たりさわりのないことをいって、頭を下げる。目の前には黒い詰《つ》め襟《えり》の男子と紺《こん》のブレザーの女子。私《わたし》は遠慮《えんりょ》がちにクラスを見まわし、何度か瞬《まばた》きを繰《く》りかえす。こういう時、背筋《せすじ》を伸《の》ばしすぎて高所から見たりしてはならないし、また変にもじもじしてもいけないのだ。

何気なく窓《まど》の外に目を転じる。雨は小降《こぶ》りになっていた。もう少し時間がずれてくれたら、白いソックスに泥《どろ》が跳《は》ねあがることもなかったのに、と思うとちょっとしゃくにさわる。

その日は、あとに一年生の入学式がひかえているとかで授業はなく、ホームルームと大《おお》掃除《そうじ》だけだった。ホームルームで席決めをした。振《ふ》りあてられた席は窓際《まどぎわ》の後ろから三番目。

「今日はこれで終わり」

という花田《はなだ》先生の妙《みょう》に明るい言葉で解散《かいさん》となった。とたんに小グループごとに人が固まった。クラス替《が》えをした後とはいっても、前のクラスのつながりだとか、部活つながりだとかで、仲良しグループはできあがっている。もちろん、私《わたし》はぽつんと一人。そのことを別《べつ》段寂《だんさび》しいなんて思わない。

雨は止《や》んでいた。西の方の空はわずかに雲が切れ、その間から薄日《うすび》が射《さ》していた。

「まこと！」

私《わたし》の前に座《すわ》っていた少女が通路寄《よ》りの席を振《ふ》りむいて大きな声を出した。やがて一人の少女が教卓《きょうたく》を回るようにして歩みより、窓《まど》を背《せ》に立った。お下げ髪《がみ》で整った顔立ちの子だった。一瞬《いっしゅん》目が合い、相手はじっと私《わたし》を見つめていたが、私《わたし》はさりげなく視線《しせん》をはずした。

ふいに前の席の子が振《ふ》りむいた。

「東京《とうきょう》に住んでたんだよね」

「そうだけど」

「いいなあ。東京のこと、教えてよ。あたし、今里《いまざと》あんな。安心の安に那須《なす》高原の那《な》。よろしくね。で、こっちが江坂《えさか》まこと。麻《あさ》にお琴《こと》の琴《こと》って字を書くんだ」

安那《あんな》は頭の後ろで一つに結んでいたゴムを取った。髪《かみ》がばらばらと肩《かた》にかかり、それから前髪《まえがみ》をかきあげる。ブレザーの中に着た白いシャツの襟《えり》を少し立てている。どこにでもいがちな、ちょっと大人ぶったタイプの子。対照的に麻琴《まこと》の方は、きまじめそうな優等生《ゆうとうせい》といった感じだった。正直いって何の興味《きょうみ》もわかなかった。かすかに顔を動かし、じゃあ、と小さくいって、私《わたし》は教室を出た。


両親が離婚《りこん》していたので、私《わたし》は母と二人暮《ぐ》らしだった。母は仕事がいそがしいせいもあって放任主義《ほうにんしゅぎ》。人さまに迷惑《めいわく》さえかけなければ好きにしなさい、としかいわない。母は自分のことに精一杯《せいいっぱい》で、私《わたし》にはあまり関心がないのかもしれない。それも悪くない。いちいち何しろかにしろなんていわれたらたまらない。だから、自分の毎日に不満はない。

小二の時、親が離婚《りこん》したのを機に、東京から母方《ははかた》の祖父母《そふぼ》が住むH市の小学校に転校した。引っこす前に、一生友だちでいようと指切りした子がいた。一度だけ手紙がきた。私《わたし》も一度だけ返事を書いた。それっきり。そんなものだと今は思う。

その後、Ｈ市で小学校を卒業、中学に入学したが、中一の途中《とちゅう》で、母の仕事の都合《つごう》で再《ふたた》び東京《とうきょう》に引っこした。けれど、わずか半年でこのＭ市にやってきた。母が２ＬＤＫの中古マンションを購入《こうにゅう》したのだ。Ｍ市は母の実家があるＨ市にも遠くなかった上、都心にはいくぶん近かった。

どれだけ親しくしていても、はなればなれになると関係は薄《うす》れる。薄《うす》れるどころか消えてしまう。前の学校の友だちで、交友が続いた子なんて、結局はいない。昔のことわざでも、去る者は日々に疎《うと》し、というではないか。

「どうだった？　新しい学校」

テーブルに広げた新聞を目で追いながら、母が聞いた。

「別に」

「別にって、張《は》りあいのない子ね」

「どこだって同じだよ、学校なんて」

「まあ、いいわ。人さまに迷惑《めいわく》さえかけなければね」

いつものセリフ。きっと母は私《わたし》の通う学校になど興味《きょうみ》はないのだろう。といって、私《わたし》は別に母を嫌《きら》っているわけではない。母が懸命《けんめい》に働くことの恩恵《おんけい》を一番受けているのは私《わたし》だから。それに家族に好き嫌《きら》いをいってもはじまらない。子どもは親を選ぶことはできないのだ。

母の名は守口夏子《もりぐちなつこ》。四十五歳《さい》。東京の医療機器《いりょうきき》メーカーで働いている。通勤《つうきん》に往復《おうふく》三時間以上をかけ、帰りは毎日八時過《す》ぎ。時には十時を過《す》ぎることもある。世の中不景気が続いているようだけれど、新しい人を雇《やと》えないので、かえって仕事はいそがしいとぼやいている。

「そうそう、広樹《ひろき》さんが、引っこし祝いに今度何かごちそうするって。幹生《みきお》も一緒《いっしょ》に」

「ふーん」

「何がいいかしらねえ」

広樹さんというのは私《わたし》の父だ。長原《ながはら》広樹。幹生は兄で二十歳《はたち》の大学生。別れた夫《おっと》をおとうさんというのも妙《みょう》だからといって、母は私《わたし》の前でも父を広樹さんと呼《よ》ぶ。離婚《りこん》したといっても、父と母は憎《にく》みあって別れたわけではない。だから今も年に何回か、一緒《いっしょ》に会って元家族四人が、食事したりする。でも、正直なところ父と会うのは少しうっとうしかった。

母と離婚《りこん》する前の父は典型的《てんけいてき》な仕事人間で、家庭をかえりみなかった。朝早くに家を出て、夜遅《おそ》く帰宅《きたく》する。休日出勤《しゅっきん》は当たり前。私《わたし》は父とあまり顔を合わせなかったので、話すこともめったになかった。かわいがってもらった記憶《きおく》もない。父の思い出はほとんど残っていない。

母は、広樹《ひろき》さんはこの頃柔《ごろやわ》らかくなったと笑う。すると父は、君の方こそと、ちょっと肩《かた》をすくめるようなしぐさで言葉を返す。別れた後の両親は案外仲がよさそうに見えた。そんな風に会って食事するくらいなら何で離婚《りこん》したのかと思うけれど、聞いたことはない。大人には大人の事情《じじょう》があるだろうから。

兄とは七つ歳《とし》がはなれている。父が私《わたし》たちの家に来ることはないが、兄は時々やってくる。引っこしの時も手伝いに来た。兄は、母よりよっぽど口うるさい。ちゃんと勉強しろとか、母さんを手伝えとか、余計《よけい》なお世話だ。その日も、

「学校替《か》わった機会に、部活でもやれよ。運動神経《しんけい》はいいんだし、テニスとかさ」

といわれた。部活なんてめんどうなことをする気は端《はな》からないが、正直にいえば角が立つ。

「考えとくよ」

「まったく眼中《がんちゅう》になしってわけか」

兄は見すかしたように笑うとそれ以上何もいわなかった。

子どもの時から活動的だった兄は、中学、高校とテニス部に所属《しょぞく》していた。運動以外も多趣味《たしゅみ》で、映画《えいが》が好きで、車が好きで、ギターを弾《ひ》く。中でも一番の趣味《しゅみ》は料理で、母よりも上手だ。肉じゃがとかちらし寿司《ずし》とかを手ぎわよく作ってしまう。

両親が離婚《りこん》した時、兄は、

「とうさん一人じゃ、何もできないだろ」

といって、父と暮《く》らすことを決めた。たしかに家事など何一つできない父だったのだ。


一週間も通えば、クラス内の力関係というのがだいぶのみこめるようになる。クラス委員は玉川実花《たまがわみか》。ショートカットでメガネをかけた子で、男子生徒からも一目おかれているしっかり者だ。男子の委員は中津洋司《なかつようじ》。成績優秀《せいせきゆうしゅう》の上スポーツもこなす文武《ぶんぶ》両道らしいが、どこかきざっぽい。しかし、クラスメイトの人望はあるようだ。背《せ》がまあまあ高くて声もいいから、女子にも人気がありそうだ。

優等生《ゆうとうせい》ではないけれど、けっこうリーダーシップを発揮《はっき》しているのが前の席の安那《あんな》だ。安那が何かいえば従《したが》う子も多い。安那は、私《わたし》にもしょっちゅう話しかけてくる。

「ねえ、東京《とうきょう》のどの辺りに住んでたの？」

聞かれて私《わたし》は短く答える。

「はずれの方」

「はずれって？」

うるさいな、と思うが、顔には出さない。

「練馬《ねりま》。原宿《はらじゅく》みたいなとこばかりが東京じゃないから。ここととそんなに変わらない。畑だって少しは残ってるし」

「ふーん。ねえ、今度みんなで東京行こうよ。守口《もりぐち》さん、案内してよ」

冗談《じょうだん》じゃない。私《わたし》は東京になんて別に行きたくない。だいいち、何で友だちでもない子の案内なんかしなければならないのだろう。だまっていると、口をはさんできたのが北浜《きたはま》有美《ゆみ》。

「いいね。あたし、原宿行きたいよぉ」

小柄《こがら》なボブヘアー。この有美と安那、そして麻琴《まこと》はいつも一緒《いっしょ》だ。トイレに行くのも下校するのも。何かを決めるのは安那。すぐ追随《ついずい》するのが有美。そして麻琴はだまって従《したが》う。

「麻琴はだめだね。きっとおかあさんが認《みと》めてくれないもん」

そこで私《わたし》はようやくいった。ちょっと笑って。

「ごめんなさい。わたしも母が厳《きび》しいから。東京に中学生だけで行ったりしたら、怒《おこ》られちゃう」

もちろん、大うそ。

「何だ、つまんないの」

安那は大仰《おおぎょう》な身振《みぶ》りで肩《かた》をすくめて見せた。

麻琴は見かけ通りの優等生《ゆうとうせい》だった。英語の発音なんかもきれいだし、宿題もきちんとやってくる。勉強面ではクラス委員の実花《みか》のライバルといったところだろう。安那はしょっちゅう麻琴に宿題を写させてもらっている。

「さすが麻琴《まこと》だね。あたしの親友だよ」

と調子がいい。麻琴は安那《あんな》から何を頼《たの》まれてもいやといわない。いえないのかもしれない。

でも、そんなこと、私《わたし》には関係ない。

授業の後の短いホームルームが終わり、先生が教室から出ていった直後だった。

「何ぐずぐずやってるんだよ」

少し大きな声がして、私《わたし》は思わず声の方を振《ふ》りかえった。声の主は中津洋司《なかつようじ》。いわれたのが麻琴であることにちょっとおどろいた。

ノートか何かを落としたのか、机《つくえ》と机《つくえ》の間の通路にかがんでいた麻琴は、あわてて立ちあがると、身を寄《よ》せて洋司を通した。洋司の方は、舌打《したう》ちをしながら麻琴を一瞥《いちべつ》し、いら立ちをかくそうともせずに、教室から出ていった。人望あついリーダーらしからぬ態度《たいど》だった。

二

部屋の窓《まど》から外をながめる。新しい我《わ》が家《や》は最上階の五階で、ながめがいいのが取《と》り柄《え》だ。畑の中に家が点在《てんざい》している。その先を、一筋《ひとすじ》の川が東に向かって流れていた。辺奈川《へんなな》という。川は市境《しざかい》になっていて、川向こうはU市だった。

窓《まど》から入りこむさわやかな風にさそわれるように、出かけてみたくなった。ゴールデンウィークの少し前で、暑くもないし寒くもない、いい陽気の午後だった。辺奈川までは三キロほどだ。学区外だから、顔見知りに出くわすこともないだろう。

私《わたし》は駐輪場《ちゅうりんじょう》から自転車を引っぱりだして、ゆっくりと道にこぎだした。

川に向かう途中《とちゅう》、かなり急な下り坂があった。辺りは住宅街《じゅうたくがい》で、道の両側に新しそうな木造《もくぞう》二階屋が並《なら》んでいる。私《わたし》はブレーキをかけずに一気に降《お》りきった。風を切り、景色を

後ろに飛ばしながら、タイヤは軽快《けいかい》に回る。気持ちがいい。

坂を下りきった後は、ゆるやかに蛇行《だこう》する平らな道が続き、周囲はにわかに畑が多くなる。畑の中に、ぽつりぽつりと建つ家は、比較的《ひかくてき》大きくてどの家も広い庭があった。

やがて、川をまたぐ橋が見えた。U市に向かうバスがわたしを追《お》いこして橋を渡《わた》っていく。わたしは自転車を止めて欄干《らんかん》を見る。記された名は真坂《まさか》橋。たもとに背の高い椎《しい》の木があって若葉《わかば》をしげらせている。自転車から降《お》りて押《お》しあるきながら、その木のそばに歩みより、枝先《えださき》を見上げた。一番下の枝《えだ》が、横に長く伸《の》びていた。それが何とも不思議《ふしぎ》な形なのだ。枝先《えださき》がすっと空に向いている。葉のしげり方が作る造形《ぞうけい》を見て、ふと竜《りゅう》のようだと思った。この木にひそんでいつか空へと飛びたつ、雄々《おお》しく天翔《あまかけ》る竜《りゅう》……。

心の中で、カチッと小さなスイッチが入ったような気がした。この木をどこかで見たような気がする。横に伸《の》びる枝《えだ》に手を伸《の》ばそうとするけれど、枝《えだ》は先にいくにしたがって、上の方に伸《の》び、もう少しのところで、届《とど》かない。枝《えだ》に向かって、思い切り伸《の》ばされた小さな手、私《わたし》の。あれは、夢《ゆめ》？

でも、すぐにばかげた空想をした自分を笑った。ただの木だよ、と。木の下に自転車を止めると、ゆるゆると東進する水を目で追いながら、対岸のU市の方に向かって歩く。

さっきのバスが、何人かの人をはきだして走りだす。U市側のたもとに停留所《ていりゅうじょ》があるようだ。去っていくバスが見えなくなってから、目を河原《かわら》に転じる。

ボール遊びをしてる子どもがいる。犬をつれて土手を散歩する人がいる。河原《かわら》におかれたベンチに座《すわ》って話しこむ老人の姿《すがた》がある。石ころの散らばる河原《かわら》のところどころに生える雑草《ざっそう》が紫《むらさき》の花をつけ、土手にも黄色いタンポポが咲《さ》いていた。中央を、緑ににごった川がゆっくりと流れてゆく。この川も竜《りゅう》のようだ。

川は、どこからやってくるのだろう。そしてどこまで行くのだろう。

水の流れを目で追いながら、私《わたし》は歩いた。ふいにどこか遠くへ行きたくなった。この水は土砂《どしゃ》や病葉《わくらば》をどこまでも運んでいくのだろうか。

私《わたし》はどこへ行くのだろう。そんな風に思ったとたん、しんみりとせつない気分になった。私《わたし》、十四歳《さい》になったばかり。これから何をしていったらいいのだろう。確《たし》かな目標もなければ、夢中《むちゅう》になるほど大好きなものもない。新しい環境《かんきょう》に少しずつ慣《な》れてきた今、毎日が微妙《びみょう》に退屈《たいくつ》だった。

橋を渡《わた》りきる少し手前で足を止め、西の方の空を見た。日はだいぶ傾《かたむ》いていた。上流のはるか向こうに灰青《はいあお》の山並《やまな》みが見えた。家並《いえな》みと水の流れを目で追いながら、自転車を止めたところにゆっくりとともどりはじめた。川は流れていく。一時も留《とど》まることなく……。

「川はどこに向かうのだと思う？」

ふいに声がした。びっくりして顔をあげると、椎《しい》の木――さっき竜《りゅう》のようだと思った木に、寄《よ》りかかるようにしてやせた少年が立っていた。

――今、何ていったの？　のどまで出かかった言葉は声にはならなかった。私《わたし》は相手を見つめた。紺《こん》のジャケットに、ジーンズ姿《すがた》だ。ジャケットと同じ色のキャップを目深《まぶか》にかぶっていたが、顔ははっきり見えた。だれなのだろう。色白できりっとしたまゆの整った顔立ちをしている。視線《しせん》がからむ。少年の方も私《わたし》から目をはなさなかった。

ふいにカラスが鳴いた。声につられるように、空を見あげる。空は少しずつ真昼の青を退色《たいしょく》させていく。夕暮《ゆうぐ》れがせまっていた。再《ふたた》び視線《しせん》を少年にもどすと、相手はまだ、いどむように私《わたし》を見ていた。その目の光の強さに、思わずたじろぎそうになる。それほど執拗《しつよう》で無遠慮《ぶえんりょ》な視線《しせん》だった。何でこんな風に見つめられなければならないのだろう。私《わたし》は目を

そらすこともできずに、立ちつくしたまま相手を見かえしていた。

やがて少年はわずかに唇《くちびる》をゆるめ、不敵《ふてき》な笑《え》みを見せた。そして何かいおうとするかのように口を開きかけたが、急にくるりと背《せ》を向けると、U市の方へ走りさっていった。

どこかで見た顔だという気もした。でも思いだせない。あんなきれいな少年が知りあいにいるはずもないのだ。いったいどこのだれなのだろうか。そして見もしらぬ相手である私《わたし》に、なぜあんなことを問いかけたのだろう。

——川はどこに向かうのだと思う?

私《わたし》が、川の流れを目で追っていたその時に。まるで、自分の思いが相手に伝わったようだった。

まさかね。私《わたし》は軽く頭を振《ふ》った。川をぼんやりながめて思うことなんて、だれだって同じようなことなんじゃないか。

自転車に乗って今度は土手の上を、上流方向に走る。夕闇《ゆうやみ》が薄《うす》く広がりはじめていた。

河原《かわら》を見おろしながらしばらく走ったところで、同級生を見た。クラス委員の中津洋司《なかつようじ》だった。鷺山《さぎやま》中の学区からはかなりはなれたこんな場所に、何をしにきているのだろう。しかも共にいたのが桜川純一《さくらがわじゅんいち》。純一は乱暴《らんぼう》で素行《そこう》に問題があるとされる生徒だった。奇妙《きみょう》な取りあわせだった。二人のいる河原《かわら》のベンチからかすかな煙《けむり》が漂《ただよ》っているように見えた。生徒の信望あついクラスのリーダーには別の顔があるのかもしれない。私《わたし》の知ったことではないけれど。

辺奈《へんな》川は、私《わたし》の気に入りの場所となった。欄干《らんかん》から水の流れを追ったり、ベンチに座《すわ》って本を読んだりする。M市側の河原《かわら》で洋司たちを見たことを思いだし、U市側の方で過《す》ごすことにした。川を渡《わた》る風が心地いい。時折、対岸の河原《かわら》で中学生らしい子を見かけることがある。たぶん、となりの花月《かげつ》中の生徒だろう。

欄干《らんかん》から川を望むたびに、最初に来た時に出あった少年のことを考えた。偶然《ぐうぜん》思いが重なっただけだと思っているはずなのに、どこかであの言葉を気にしていた。――川はどこに……。そしてきらりと光る意志《いし》の強そうな目。彼《かれ》は何で私《わたし》に言葉を投げかけたのだろう。あんな風にじっと私《わたし》を見ていたのだろう。

橋を渡《わた》る時には無意識《むいしき》に姿《すがた》をさがした。いつも、今日こそ会えるかもしれないと心の底で期待していた。端正《たんせい》な顔立ちを思い描《えが》くと、なぜか胸《むね》がうずいた。けれど、何日たっても出あえなかった。

昼休み、安那《あんな》に誘《さそ》われてバレーボールをやった。麻琴《まこと》や有美《ゆみ》も一緒《いっしょ》だ。校庭の一角で、六、七人の女子が円陣《えんじん》を組んで軽くパスを回す。そこへ、

「わたしも入れて」

と声がかかった。英語教師《きょうし》の深江香津子《ふかえかづこ》先生だった。ショートヘアでスタイル抜群《ばつぐん》の深江先生は、女子生徒に人気があった。

「わあ、先生。大歓迎《だいかんげい》」

有美が少しこびるような口調でいった。

「先生、英語なんか教えてるの、もったいないぐらいスポーツ万能《ばんのう》なんだよ」

安那が教えてくれた。

「今里《いまざと》さん、英語なんかとは何？」

怒《おこ》ったようにいいながら、深江先生の目は笑っていた。

はい、はいと声をかけながら、パスを送る。深江先生が回してくるボールは、必ずわきにそれた。ほかの子に送る時はちゃんと正面にボールをあげるのに、どうしてだろうと思ったが、途中《とちゅう》で故意《こい》にやっていることに気づいた。何とか拾ってボールを返しつづけたが、そのたびに先生は、にやっと笑いながら私《わたし》を見た。

「ねえ、守口《もりぐち》さん、バレー部に入る気はないかしら?」

うっすらと額《ひたい》にかいた汗《あせ》をぬぐいながら、深江先生がいった。さっきのはそういうことか、と思った時、ふと反発が湧《わ》いた。部活なんてやる人の気が知れませんといったら、どんな顔をするだろう。でも、波風を立てないことがモットーの私《わたし》がそんなことを口にできるはずもなく、ただだまっていた。

「先生、守口さんは、足も早いんですよ」

といったのは、クラス委員の玉川実花《たまがわみか》。しっかり者の優等生《ゆうとうせい》だが、運動はあまり得意ではないらしい。一週間前の体育の授業《じゅぎょう》で、二人ずつ組になって一〇〇メートル走のタイムを計った。私《わたし》は実花と一緒《いっしょ》に走ったのだが、五メートル以上の差をつけてしまった。

「そうでしょうね。見ればわかるわ。ねえ、守口《もりぐち》さん、どうかしら。わたしバレー部の顧《こ》問《もん》しているのよ」

「あの、わたし、母が働いているんで、部活はできないんです」

「まあ、あなた家事やっているの？」

「……そんな大げさなものではないけれど、食事の支度《したく》とか……」

うそではなかった。といっても、母が買いおきした食材を使って適当《てきとう》に作って食べるだけのことだ。兄のように凝《こ》った料理を作るわけではないから、部活ができないほどではない。けれど先生は感心したように、

「えらいのねえ」

というと、それ以上誘《さそ》うようなことは口にしなかった。

昼休みの終わりを告げるチャイムが鳴った。先生を囲むようにして校舎《こうしゃ》にもどる時、麻《ま》琴《こと》が笑顔《えがお》を振《ふ》りまいて先生のとなりを歩いているのが目に入った。ふだんはあまり感情《かんじょう》を表すことがなく、静かでひかえめな麻琴が、とても生き生きとした表情《ひょうじょう》で先生と話をしている。

その時、急に気がついた。真坂《まさか》橋で会った少年は、麻琴に顔立ちが似《に》ているのだ。

三

ゴールデンウィーク直前の登校日は雨だった。外へ出ることもできないので、昼休みには教室のあちこちで談笑《だんしょう》する声が響《ひび》く。トランプをやっているグループもある。前の席では安那《あんな》を中心に、深江《ふかえ》先生のことを話題にしていた。いつものように、麻琴《まこと》や有美《ゆみ》も一緒《いっしょ》だ。

「深江先生、高校生の時、走り高跳《たかと》びでインターハイに出たことあるんだって。体育の先生だったらさあ、別にぃ、って感じだけどさ、英語の先生だもんね、かっこいいよね」

有美がいった。

「何かさ、着てるものもセンスいいよね」

小さな鏡をのぞいて前髪《まえがみ》をチェックしながら、安那が二人に同意を求める。おしゃれな安那も、深江先生のファッションには一目《いちもく》おいているようだ。先生は、パンツスーツで現《あらわ》れることが多い。背《せ》が高くて足が長いので、ちょっと宝塚《たからづか》の男役みたいな雰囲気《ふんいき》があった。

「ねえ、東京《とうきょう》の人の目から見てどう？」

安那が後ろを振《ふ》りむいて私《わたし》に話を振《ふ》ってきた。東京東京って、たかだかここから一時間ほどの距離《きょり》ではないか。それに、東京の人間がみなおしゃれでセンスがいいわけがない。そんなこと、自分の母親を見ていればわかる。

「どうって、何？」

私《わたし》は知らぬ振《ふ》りで聞いた。言葉が冷ややかにならないように気づかい、少し微笑《ほほえ》んで。

私《わたし》は手にしていた本をちらっと見る。

「あっ、読書してたんだ、ごめん。今さあ、深江先生の話してたんだ」

ごめんといいながらも、安那は話しかけるのをやめない。そっと本を閉《と》じて、

「女子に人気あるんだね、あの先生。結婚《けっこん》してるの？」

と聞いてみた。少しはこういう話題にも興味《きょうみ》を示《しめ》しておいた方が無難《ぶなん》だから。

「独身《どくしん》だよ、男の人よりかっこいいもん」

答えたのは有美《ゆみ》だった。ふと、麻琴《まこと》に目がいった。口元に笑《え》みが浮《う》かぶ。麻琴は、特に英語をがんばっているようだ。先生にほめられた時など、はにかんだように頰《ほお》を染《そ》める。麻琴の密《ひそ》かなあこがれは深江《ふかえ》先生なのかもしれない。

「歳《とし》、いくつぐらいなの？」

私《わたし》はまた聞いた。さあ、とみな首をかしげた。その時、午後の授業《じゅぎょう》の開始を告げる鐘《かね》が鳴った。そして、直前のうわさの的であった、深江先生が教室に現《あらわ》れ、はつらつとした声でいった。

「Ｈｅｌｌｏ《ヘロウ》 ｅｖｅｒｙｂｏｄｙ《エブリバディ》！」

授業中《じゅぎょうちゅう》、先生は桜川純一《さくらがわじゅんいち》を二度注意した。純一は、大柄《おおがら》で百八十センチ近くあるためか、授業《じゅぎょう》を聞かずにふてぶてしい態度《たいど》でそっぽを向いていても、ほかの先生はまゆをひそめるだけであまり注意しない。たしかに、あの図体のでかいのにすごまれたらいやだろうなとは思う。先生だって人間だから。でも、深江先生はなかなか度胸《どきょう》があるようだ。

女子には人気の先生が、男子にもうけがいいかというとそうでもないらしい。ステキと女子が語るそばで、舌打《したう》ちしそうな男子がいる。

「なんかえらそうだよな、あの男女《おとこおんな》」
わざと大きな声でいったのは洋司《ようじ》だった。それは、純一に聞かせる言葉だったのかもしれない。

何をするでもなく、ゴールデンウィークは過《す》ぎていった。休み明けのクラスの風景は、取りたてて変わったところがなかった。例によって、安那《あんな》は麻琴のやった国語の宿題を写している。何だっていいなりになってばかりなんだろう。安那はやたらに親友だとか連発しているけれど、麻琴を利用しているだけなんじゃないだろうか。でも、それは利用される方が悪いのだ。

たぶん、その日、私《わたし》は機嫌《きげん》が悪かったのだと思う。何となく朝から気分がいらいらしているうちに、二時間目の英語の授業《じゅぎょう》が始まった。

リーディングをさせていた深江先生が、二人目に麻琴を指名した。麻琴は、少し早口だがよどみなく読みはじめた。途中《とちゅう》でつっかえたりしないし、発音もよかった。ところが、途中《とちゅう》で思わぬ声がかかった。

「もう少し大きな声で読んでください。よく聞こえません」

洋司《ようじ》の声だった。美声といってもいいくらいの、よく響《ひび》く声だった。教室のところどころで、密《ひそ》やかな笑い声が起こった。麻琴《まこと》は少し顔を赤らめてうつむくとだまりこんでしまった。

「江坂《えさか》さん、もう少し大きな声で読んでみようか」

先生の言葉に、麻琴は気を取りなおすように少しだけ声を高めて音読を再開《さいかい》した。

「よく聞こえません」

また洋司がいった。何なのだろう。聞こえないはずはなかった。たしかに麻琴の声は大きくはないが、洋司よりはなれた席の私《わたし》の耳にも届《とど》いていた。私《わたし》は、つい、声を出した。

「ちゃんと聞こえてます。耳がおかしいんじゃないの」

一瞬《いっしゅん》、教室中の空気が引いた。しまった、と思ったがもう遅《おそ》かった。

少し間をおいて、先生がいった。

「続けて、江坂さん」

そうしてその後は何ごともなかったかのように授業《じゅぎょう》は終わった。

下校時、戸口のそばにいた洋司と目が合った。洋司は目をつりあげて私《わたし》をにらんでいた。

その夜、母が私《わたし》にいった。

「土曜のことだけれど、幹生《みきお》がM駅に迎《むか》えにきてくれることになったから」

そうだ。これが私《わたし》の不機嫌《ふきげん》の元だったのだ。次の土曜の夜は、元家族四人が集まって新宿《しんじゅく》で食事することになっていた。が、急な仕事が入った母は、今朝、自分は職場《しょくば》から直行するので、私《わたし》に一人で新宿に来るようにといったのだ、しかも夜に。新宿のような繁華街《はんかがい》に保護者《ほごしゃ》の同伴《どうはん》なしでなど行ってはいけないのだというと、母はあきれ顔でいった。

「今時？　渋谷《しぶや》だって原宿《はらじゅく》だって、子どもであふれかえってるわよ」

「おかあさんは、娘《むすめ》を夜の新宿に一人で行かせて心配じゃないの？」

「どうして？」

無責任《むせきにん》だと私《わたし》が怒《おこ》ったので、母も少しは考えなおしたのだろう。それで兄を迎《むか》えによこすことにしたのだ。この件《けん》が片《かた》づいたので、英語の授業中《じゅぎょうちゅう》、いらいらした末に余計《よけい》な口を出したことも忘《わす》れてしまった。

初夏の長い日がようやく傾《かたむ》きかけ、空がゆっくりとたそがれていく。私《わたし》は辺奈《へんな》川の河原《かわら》にあるベンチに座《すわ》って本を読んでいた。昼間はかなり気温が高かったけれど、今はさわやかな風が川を渡《わた》っている。

自転車はいつものように橋のたもとにおいていた。いつかのあの少年が立っていた場所――竜《りゅう》の木のあるところだ。

どれくらい時間がたったろう。少し本が読みづらくなるくらい、辺りに薄闇《うすやみ》が広がっていた。

「あっ！」

何かが動いたような気がしたのは、ほんの一瞬《いっしゅん》だった。気がつくと、すぐそばにおいたはずのデイパックがなくなっていた。

川縁《かわべり》で、二人の少年が何か投げあいながら、ふざけているのが目に入った。

「ジュン、こっちこっち！」

少年は洋司《ようじ》と純一《じゅんいち》だった。〝ボール〟は私《わたし》のデイパックだった。私《わたし》と目が合った洋司は、ニヤッと不敵《ふてき》に笑うと、橋の方に向かってかけだした。

「待ってくれよ、洋司！」

あわてて純一が洋司を追う。純一は洋司ほど俊敏《しゅんびん》ではないようだった。

私《わたし》も二人を追いかけて走りだした。デイパックには財布《さいふ》が入っている。今月のお小遣《こづか》いの残金、二千三百円。そして、自転車の鍵《かぎ》もその中だ。

洋司は時々私《わたし》を振《ふ》りかえっては、デイパックを振《ふ》りまわしたり、空中に放《ほう》りなげたりしながら、あざわらうような表情《ひょうじょう》を見せた。洋司の足は速く、橋のわきにある階段《かいだん》をかけあがりはじめた時、私《わたし》はかなり後ろを走っていた。

「早く来いよ、ジュン！　中、ぶちまけてやろうぜ」

洋司も純一も、軽々と二段《だん》ぬきで階段《かいだん》を上《のぼ》っていく。さすがに私《わたし》は息が上がってきた。

「悪ふざけはよせ！」

ふいに大きな声がした。だが、辺りにそれらしき人影《ひとかげ》はなかった。一瞬《いっしゅん》、虚《きょ》をつかれて立ちどまった洋司の頭に何かが飛んできた。

「いて！」

洋司《ようじ》が橋のたもとにある椎《しい》の木を見あげた時、私《わたし》はようやく階段《かいだん》を上《のぼ》りきった。

純一《じゅんいち》がどなった。その純一の頭にも何かが飛んできた。ぶつかってはねて地面に転がったのは、どうやら小石か何かのようだった。

ちょうどその時、自転車に乗った警察官《けいさつかん》がやってくるのが見えた。洋司たちは、

「だれだよ！」

「ふん！　覚えてろよ！」

と捨《す》てゼリフを残し、デイパックを思いきり私《わたし》めがけて投げつけると走りさった。

覚えてろ、とはだれにいったのだろう。私《わたし》に？　それとも椎《しい》の木の上の人に？

私《わたし》はしばらく木の上を見ていた。風がないのに枝《えだ》がゆれた。いるのだ。この中に、私《わたし》を助けてくれた人が。枝《えだ》のゆれが止まる。私《わたし》はかたずをのんで木を見つめる。横に長く伸《の》びる枝振《えだぶ》りを、やっぱり竜《りゅう》のようだと思ったその時……。

するりと降《お》りてきた人影《ひとかげ》があった。紺《こん》のキャップに同じ色のジャンパー。

あの少年だった。

「どうもありがと、助けてくれて」

そういうと、彼は軽くまゆをひそめた。

「あいつら不良だな」

「そうでもない。一人はクラス委員だもの」

いいながら気がついた。いつか二人を河原《かわら》で見た時、純一が洋司を従《したが》えているのかと思った。だが、実際《じっさい》には洋司が純一を支配《しはい》しているのだ。「待ってくれよ、洋司」というすがるような純一の声がよみがえった。それにしてもやることが幼稚《ようち》だと思った。そもそも、洋司の麻琴《まこと》に対する態度《たいど》だってずいぶん大人げない。

「クラス委員ね」

少年は気のなさそうな返事をして、私《わたし》を正面から見た。

「とにかく助かった」

と笑いかけながら、私《わたし》は相手を見かえした。くりっとした目の形や整ったまゆ、鼻や口元もやはり麻琴にそっくりだった。

「……江坂《えさか》さん?」

思わずつぶやくと、彼《かれ》はそっぽを向いた。

「だれ？　知らない。そんなやつ」

それから、ぶっきらぼうな口調で、

「じゃあな」

というと、対岸のU市の方に走りさっていった。私《わたし》は呆然《ぼうぜん》と見おくった。

あの少年は麻琴《まこと》の兄弟かもしれない、と思った。それほど顔立ちがよく似《に》ていた。ただ、決定的にちがうのは目の光だ。麻琴はどこか自信なげなのに、あの少年の目はふてぶてしいまでに強い光を放っている。

私《わたし》は毎日辺奈川《へんなかわ》に通った。もう一度会いたかった。けれどいく日たっても少年は姿《すがた》を見せなかった。

四

麻琴に兄弟がいるのか知りたかった。でも、本人に確《たし》かめるのも気がひける。だって、麻琴とは直接口をきいたこともほとんどなかったから。ところが、少年に助けられてから十日ほどたった日、安那《あんな》が格好《かっこう》の話を持ちだしてきた。

「ねえ、守口《もりぐち》さん、きょうだいいるの?」

「わたし? うん。兄が一人いるけど」

「ふーん、高校生?」

「大学生だけど」

「いいなあ、あたしもおにいちゃんほしい。女ばかりだもん、うち。四人もだよ」

そう口にしたのは有美《ゆみ》だった。

「今里《いまざと》さんは？」

私《わたし》は安那《あんな》に聞いた。

「あたしは妹と二人。ねえ、おにいさんってどんな感じ？」

「どうって、今東京《とうきょう》にいて一緒《いっしょ》に暮《く》らしてないから、あんまり話さないけど」

「東京か、ますますうらやましいなあ」

私《わたし》は話がずれていきそうなことに内心じれた。そこでいささか強引に話題を振《ふ》った。

「暑苦しいだけだよ、男の兄弟なんて。みんな、いないいんだね」

私《わたし》は安那と有美《ゆみ》と麻琴《まこと》の顔を順に見た。

「そういえばそうだね。麻琴は一人っ子だし」

一人っ子？　じゃあ、あの少年は、麻琴の兄弟ではないのだ……。

その日、私《わたし》はまた辺奈《へんな》川に行った。あの少年に会うことはあきらめかけていた。麻琴の兄弟ではないことがわかった今、わずかな手がかりまで失った気分だった。それでも、私《わたし》は何度も橋を振《ふ》りかえった。彼はやはり現《あらわ》れなかった。

辺りに夕闇《ゆうやみ》がせまる頃《ころ》、私《わたし》は橋のたもとにある椎《しい》の木の下に立って、あの少年のように幹《みき》に寄《よ》りかかってみた。一番下の枝《えだ》は手を伸《の》ばせば届《とど》く。その不思議《ふしぎ》な形は、やっぱり天《あま》翔《かけ》る竜《りゅう》に見えた。この、竜《りゅう》の木に登るのにはどこに足をかけるのだろうか。彼《かれ》は、あの少年はどんな風にして登るのだろう。私《わたし》を助けてくれた人は……。会いたい。でも、もう、二度と会えないのだろうか。思わずため息をつく。

その瞬間《しゅんかん》だった。枝先《えださき》がゆれて葉がざわめいた。そして、すとんと目の先を通過《つうか》して、降《お》りたった人影《ひとかげ》。

私《わたし》は呆然《ぼうぜん》と相手を見つめた。思いえがいていた人間が、目の前に立っていた。

「また会うと思ったよ」

不敵《ふてき》に笑って少年はいった。何かいおうとしたが言葉が出てこなかった。少年の方は、ふてぶてしいほど無遠慮《ぶえんりょ》に私《わたし》を見ている。

「……あなた、だれ？」

「さあ、だれだろ」

少年は目を細めて川を見た。私《わたし》も相手の視線《しせん》に合わせるように川を見た。夕闇《ゆうやみ》がせまって、山陰《やまかげ》が濃《こ》く見えた。どれくらいそうしていたろうか。やがて少年は、ふいに背《せ》を向けるとあっという間に走りさっていった。呼《よ》びとめる間もなかった。もっとも、呼《よ》びとめてどうしようというのだろう。その場に立ちつくしている間に闇《やみ》は少しずつ濃《こ》くなっていった。

帰ろう。帰るしかない。そう思って自転車を動かそうとした時、木の根元に何か見えた。青い革《かわ》のカードケースだった。あの少年が落としたものにちがいない。一瞬《いっしゅん》ためらった後で、中を見る。無記名のＰＡＳＭＯ《パスモ》カードが入っていた。そして進学塾《じゅく》の受講票《じゅこうひょう》。Ｕ市のへんぴな場所にありながら、レベルが高いといううわさの塾《じゅく》だった。受講票《じゅこうひょう》の名前を見る。

そこには、江坂麻琴《えさかまこと》と記してあった。

麻琴だった！

あれは、麻琴だったのだ。帽子《ぼうし》を深くかぶってはいたが、あれほど顔立ちがそっくりなのだ。それに、考えてみれば男の子にしては体つきがきゃしゃすぎる。だけど、どうして？

わけがわからなかった。頭の中を〈？〉でいっぱいにして私《わたし》は家に向かった。

あのおとなしい麻琴《まこと》と、洋司《ようじ》たちに小石をぶつけた少年のような格好《かっこう》の麻琴。どう結びつくのだろう。そもそもなぜ、あんな格好《かっこう》でいるのだろう、言葉遣《づか》いまで男の子のようにして。それにどうして真坂《まさか》橋になんかいたのだろう。塾《じゅく》へ行く通り道であることはわかるけれど、何でこんなところで途中下車《とちゅうげしゃ》して木に登ったりしているんだろう。

他人のことは詮索《せんさく》しないことにしている私《わたし》だったけれど、次から次へと湧《わ》いてくる疑問《ぎもん》を振《ふ》りはらうことはできなかった。

次の日、麻琴の様子はふだんと少しも変わらなかった。いつも通り安那《あんな》に宿題を見せ、有美《ゆみ》と三人一緒《いっしょ》にトイレにも行く。そんな様子を見ていると、昨日《きのう》のことが夢《ゆめ》のように思えてくる。けれど、麻琴の青いカードケースはたしかに私《わたし》のカバンに入っている。

カードケースを返そうと思っていたのに、声をかけるタイミングが見つからなかった。麻琴の周りにはいつも安那と有美がいるから、いきなり差しだしたりしたら、余計《よけい》な詮索《せんさく》をされるのは目に見えている。

結局、学校では返しそびれてしまったので、思いきって麻琴の家に行ってみることにした。

家の場所は知っている。学校をはさんで家《うち》とは反対側、旧市街《きゅうしがい》に近い方にある、ちょっと変わった建物だ。大邸宅《だいていたく》というわけではないけれど、おしゃれな洋館風の家で、自転車を走らせている時に前を通ったことがあった。その後で、安那たちが話しているのを聞いて、ああ、あの家だったのだ、と思った記憶《きおく》がある。――麻琴の家は、神戸《こうべ》の洋館をイメージしてお父さんが設計《せっけい》したんだよね。すごいね、麻琴のお父さんって、一級建築士《けんちくし》なんでしょ……。たぶんそういったのは安那だった。

その一角は静かな住宅街《じゅうたくがい》で、どっしりとした家が多かった。たしかこの辺りのはずと見まわしたとき、洋館風の建物が目に入った。表札を見ると、「中津《なかつ》」とあった。もしかして、中津洋司《ようじ》の家？

そこから数軒《けん》先のななめ向かいに、麻琴の家はあった。それは中津家とよく似《に》た雰囲気《ふんいき》の住宅《じゅうたく》だった。彼《かれ》らは幼《おさな》なじみなのかもしれない。つっかかるような洋司のものいいがよみがえる。家がこれだけ近ければ小学校も一緒《いっしょ》だったろうから、何かと関わる機会もあったろう。どうして洋司は、優等生《ゆうとうせい》らしくない態度《たいど》を麻琴に対してだけはとるのか。小学生じゃあるまいしと思い、洋司《ようじ》の家を振《ふ》りかえる。もしかして好意の裏返《うらがえ》し？　そう思ってから小さく息を吐《は》く。どうでもいいのではなかったのか、しょせん他人のことなのだから。でも、麻琴《まこと》があの少年本人であることを知ってしまった私《わたし》は、無関心を決めこむことができなくなっていた。

　また目を麻琴の家にもどす。あえてレトロなしつらえにしたその家は、オフホワイトの壁《かべ》とこげ茶を基調《きちょう》にしていて、縦長《たてなが》の窓《まど》に特徴《とくちょう》があった。このあたりの中では小ぶりだけれど、庭が広くて、低めの石塀《いしべい》の向こうにきれいに整えた花壇《かだん》が見えた。

　玄関《げんかん》のチャイムを鳴らすと、すぐにドアホン越《ご》しに声が聞こえた。

「どちらさまですか」

「あの、鷺山《さぎやま》中の、麻琴さんのクラスメイトで、守口《もりぐち》といいますが」

　すぐにドアが開いた。出てきたのは、私《わたし》の母よりは少し若《わか》そうなきれいな顔立ちの女の人だった。口の形や目元が麻琴によく似《に》ている。麻琴の母親だろう。

「すぐ来ますから。どうぞお入りになって」

　その言葉どおり、すぐに麻琴が現《あらわ》れた。

「……守口さん」

意外そうな顔で麻琴は私《わたし》を見た。

「あの、これ、拾ったの。だれのかと思って中見ちゃったけど……」

「あら、麻琴ったら、そそっかしいこと」

笑われて、麻琴はちらと母親を見たが、すぐに私《わたし》の方に目を移《うつ》した。それから、

「わざわざありがとう。上がって」

と、いって私《わたし》の手を引っぱった。すぐに帰るつもりだったが、優等生《ゆうとうせい》の部屋にちょっと興《きょう》味《み》が湧《わ》いて、私《わたし》は靴《くつ》をぬいだ。玄関《げんかん》の上は吹《ふ》きぬけで、明かり取りの窓《まど》からやわらかな陽光が降《お》りてくる。

麻琴の部屋は二階《かい》にあった。六畳《じょう》ぐらいの洋室で、濃《こ》い茶色のフローリングの床《ゆか》は、安《やす》普《ぶ》請《しん》の我《わ》が家《や》とはちがって、落ちついた趣《おもむき》があった。ベッドに机《つくえ》、小さなテーブルといす……。想像どおりのよく片《かた》づいた部屋だった。

「今日は、塾《じゅく》じゃないんだ」

「週に三日。どうして?」

「だって、塾《じゅく》の受講票《じゅこうひょう》でわかったから。あれ、有名な塾《じゅく》なんでしょ」

「そうでもないけど」

「どこで拾ったと思う？」

「……さあ」

不安げな表情《ひょうじょう》で麻琴《まこと》はかすかに首をかしげた。

「学校。忘《わす》れ物して教室にもどったらすみに落ちてた」

それがうそだということは、相手にだってわかっているはずだった。けれど麻琴は小さな声で、

「そう」

とだけいった。これが本当にあの〝少年〟と同一人物なのだろうか。

麻琴のおかあさんが、紅茶《こうちゃ》とクッキーを運んできた。

「わざわざ届《とど》けてくれるなんて、いいお友だちね」

「そうなの。ママ、ケイ、守口桂《もりぐちけい》さんはね、東京《とうきょう》からの転校生で、あたしたち、とても仲良しなの。ケイは運動がとても得意なの」

「麻琴のこと、よろしくね」

麻琴のおかあさんは、軽く頭を下げて出ていった。私《わたし》はきょとんとして、麻琴を見つめた。私《わたし》たちが仲良し？　しかも私《わたし》をケイと呼《よ》んだ。今、私《わたし》をそんな風に呼《よ》ぶ人は、家族以外どこにもいないはずだった。私《わたし》のとまどいを察知《さっち》したのか、麻琴は少し困《こま》ったように笑った。

「ごめんなさい。母を心配させたくないから」

私《わたし》は首をかしげた。私《わたし》に親しげに振《ふ》るまうことと、親を心配させたくないことと、どうつながるのだろう。

「だれにも話したことないけれど、今の母は、あたしを産んだ本当の母ではないの」

麻琴は二、三度瞬《まばた》きをして私《わたし》をじっと見た。その表情《ひょうじょう》が木の下で出会った〝少年〟を思いださせた。でも麻琴のいったことはうそだと思った。だって顔立ちがよく似《に》ていて、どう見たって母娘《おやこ》以外の何ものでもない。けれど、

「そうなんだ」

と、とりあえず相手に調子を合わせた。

「あたしとは、血のつながりはないのよ。もちろん、母のことは大好きだけれど」

「優《やさ》しそうな人だもんね」

私《わたし》はそう応《おう》じた。持ってきてくれたクッキーは手作りで、ミルクティーもとてもおいしかった。あわいピンクのカーテンは既製品《きせいひん》ではないようだし、部屋の中には手製《てせい》のものがたくさんあった。ティッシュカバーやドアノブのカバー、パッチワークの壁《かべ》かけ……どれも私《わたし》には縁のないものだ。

「ねえ、ケイって呼《よ》んでもいい？」

ふいにいわれて、私《わたし》の表情《ひょうじょう》は固まってしまった。何なんだろう。麻琴《まこと》の私《わたし》に向ける親しさ……この前の英語の授業《じゅぎょう》のせい？　学校にいる時、席の近い安那《あんな》は何かと話しかけてくるけれど、麻琴とはめったに口をきいたこともないのに。

少し間をおいて、私《わたし》はいった。

「なんか、そういういわれかたって、あんまり好《す》きじゃないんだけど」

「学校じゃ呼《よ》ばない。二人でいる時だけよ」

二人でいる時だけって？　いったい何を考えているのだろう。露骨《ろこつ》に顔をしかめてだまっていると、麻琴はまた口を開いた。

「前に、辺奈《へんな》川の河原《かわら》で見かけたの」

その一瞬《いっしゅん》、胸《むね》がドキッとした。男の子みたいな格好《かっこう》をした麻琴の姿《すがた》が目の裏《うら》に浮《う》かんだ。もしかして、そのことを告げるのだろうか。洋司《ようじ》たちに小石を投げつけたことも？　けれど、麻琴が語ったのは全く別のことだった。

「真坂《まさか》橋のたもと。あそこに、椎《しい》の木があるの」

だまってうなずいた。少年、つまり麻琴が降《お》りてきた〝竜《りゅう》の木〟、カードケースを拾った場所だ。

「あそこからあなたを何度も見た。あなたは河原《かわら》のベンチで本を読んでいた。あたし、わかったの。あの木があたしとあなたをつないでいるって」

外に出るとすでに辺りは暗くなっていた。何だか妙《みょう》な気分だった。麻琴のいっていることはどう考えても変だ。実の母を継母《ままはは》だといってみたり、〝竜《りゅう》の木〟が私《わたし》と麻琴をつないでいるなんていいだしたり。あれが、あのおとなしい優等生《ゆうとうせい》の麻琴と同じ人間なんだろうか。そのくせ、橋で出あった〝少年〟のことは、一言もいわなかった。

それでも、請《こ》われるままに、明日、辺奈《へんな》川の河原《かわら》で麻琴《まこと》と会う約束《やくそく》をした。

「どうせ行くつもりだったんだから」

自分を納得《なっとく》させるように、自転車をこぎながら声に出していってみた。それからふーっとため息をついて空を見あげた。地平線からぽっかりと浮《う》きあがった大きな月が、目に飛びこんできた。そのとたん、自転車がバランスをくずして転びそうになってしまった。


家にもどると、めずらしく母が帰っていた。

「遅《おそ》かったのね」

といわれたので、

「早かったじゃん」

と返した。母はただ苦笑《くしょう》した。

「どこへ行ったとか聞かないの？」

「聞いてほしいの？」

「そういうわけじゃないけど」

母はまたかすかに笑って聞いてきた。

「どこへ行ったの？」

「……クラスの子の家。旧市街《きゅうしがい》の方」

「へえ、友だちできたんだ」

「別に。落とし物届《とど》けただけ」

「ふーん、どんな子？」

「まじめでかわいくて勉強のできる子。江坂《えさか》麻琴っていうの」

「お休みの日でも、家《うち》につれてきたら？」

「そしたら何作ってくれるの？　手作りのケーキでも焼いてくれる？」

「じゃあ、おにいちゃん呼《よ》ばなきゃ」

とあっさりいわれたので、私《わたし》はこの母に何をいってもむだだ、と思った。母にとって一番大事なのは仕事なのだ。もちろん、それに文句《もんく》をいう筋合《すじあ》いはない。母は一人前に仕事をこなす能力《のうりょく》と意欲《いよく》がある。だから、仕事にのめりこんでいくことを非難《ひなん》した、父や父の母

――祖母《そぼ》の言葉は理不尽《りふじん》だったと、今の私《わたし》には理解《りかい》できる。それはそれとして、母が仕事をあきらめれば、たぶん両親は離婚《りこん》はしなかったろう。そして私《わたし》が何度も転校するはめになることもなかったにちがいない。

麻琴《まこと》の家で出されたクッキーはおいしかった。ミルクティーもティーバッグではない味がした。家をきれいに飾《かざ》り、手作りのお菓子《かし》を作ってくれるお母さんのことを、麻琴はどうして本当の母じゃないなんていったのだろう。ふと、いつか安那《あんな》がいった言葉を思いだした。東京《とうきょう》へ行きたいという話が出た時だ。――麻琴はだめだね、きっとおかあさんが認《みと》めてくれないもん……たしか、安那はそういった。

五

辺奈《へんな》川に近づいていくうちに、だんだん胸《むね》が高鳴ってきた。麻琴は本当に来ているだろうか。どんな格好《かっこう》でいるのだろう。あの、紺《こん》のジャケットにキャップ？　それとも、優等生然《ゆうとうせいぜん》とした三つ編《あ》みで？

いつものところに自転車をおいて辺りを見まわした時、ちょうど停留所《ていりゅうじょ》にバスが止まった。そして、麻琴が降《お》りてきた。グレーのワンピース。髪《かみ》は結んでいない。学校にいる時より大人っぽく見える。私《わたし》は、〝少年〟風でないことにほっとした。同時に少しだけがっかりした。

麻琴は走りよって、素早《すばや》く私《わたし》の腕《うで》を取った。

「河原《かわら》へ降《お》りましょうよ」

私《わたし》たちが向かったのは、U市側の河原《かわら》だった。麻琴《まこと》はずいぶん重そうなバッグを持っている。

「ねえ、今日、塾《じゅく》なんじゃないの？」

「だいじょうぶ。まだ時間があるから」

私《わたし》たちはベンチに座《すわ》った。

「ここ、ケイが本を読んでいた場所ね。いつも見てたの。あたし、ずっとケイのことがうらやましかった。だから、こうして二人で話ができてとてもうれしい」

何だって、この自分がうらやましいなんていわれなければいけないのだろう。私《わたし》のことなんて何も知らないくせに。しかも、私《わたし》より裕福《ゆうふく》そうで、私《わたし》よりかわいくて、勉強ができて、両親がそろっていて……そんな言葉がのど元まで出かかったが、何もいわなかった。

ただ、顔には不機嫌《ふきげん》そうな表情《ひょうじょう》が出ていたのだと思う。

「怒《おこ》らないで。ケイはね……深江《ふかえ》先生と感じが似《に》ているでしょ」

「あたしが？　深江先生と？」

思わずすっとんきょうな声を出してしまった。似《に》てるなんて、共通点といえばヤセ型で背《せ》が高いこと。髪《かみ》を短くしていること。運動神経《しんけい》が良さそうなこと。それだけじゃないか。

「全然ちがう。っていうか、よく知らないし。江坂《えさか》さんは先生にあこがれてるみたいだけど、思いこみでそんなこといわれても困《こま》る」

ぴしゃりといったつもりだった。強くいいすぎたかなと、一瞬《いっしゅん》、後悔《こうかい》するぐらいに。でも麻琴は少し寂《さび》しそうな顔を向けて、全くちがうことをいった。

「麻琴って呼《よ》んで」

何なんだろう、このリアクションは。人のいうことを聞いてないのだろうか。

「わたし、そういうのって……」

好きじゃない、という言葉を麻琴はさえぎった。

「二人でいる時だけよ。学校ではいいの。ねえ、ケイのケータイ、教えて。メルアドも」

「わたし、持ってないから、ケータイ」

「うそ」

「うそじゃない。必要ないから」

今時だれもが持っているケータイだけど、ほしいと思ったことはなかった。べつに不自

由は感じないし、メールをやりとりしたい相手もいない。麻琴《まこと》は少し残念そうな顔で、

「じゃあ、家《うち》の電話」

というので、私《わたし》が番号を告げると、手慣《てな》れた動作で麻琴は自分のケータイに登録した。そして、メモ帳を一枚破《まいやぶ》くと、自分のケータイ番号を書いて私《わたし》に渡《わた》した。

「時々、電話してね。夜中でもいいから、ケイなら。ねえ、ケイには何か秘密《ひみつ》ある？」

「そんなの別に……」

「そう。あたしにはある」

麻琴の目がきらっと輝《かがや》いた。その時ふと、もしかして私《わたし》は、麻琴にからかわれているのではないかと思った。けれど、表情《ひょうじょう》からはそういう雰囲気《ふんいき》は全くうかがえない。だいいち、そんなことをして何になるのだろう。

麻琴はまっすぐに橋のたもとの〝竜《りゅう》の木〟を指さしていった。

「あの木。あれがあたしの秘密《ひみつ》よ」

なぜ〝竜《りゅう》の木〟が秘密《ひみつ》なのか、麻琴は説明しなかったし、私《わたし》も聞かなかった。そうして、麻琴は再《ふたた》びバスに乗って塾《じゅく》に向かい、私《わたし》は一人、いつものように自転車に乗って帰宅《きたく》した。

もう、あの子とはあまり関わるのはよそう、そう思いながら。

けれどその日の夜、麻琴から電話がかかってきた。

「今度会った時、あたしの秘密《ひみつ》、ケイに聞いてほしいの」

そうして私《わたし》は、再《ふた》び、三日後に同じ場所で同じ時間に会う約束《やくそく》をしてしまったのだった。

教室での麻琴の態度《たいど》は、いつもと変わりなかった。安那《あんな》に呼《よ》びつけられて私《わたし》の席のすぐそばに立っていても、目を合わせることさえない。正直いって何だかだまされているような気分だった。

少し甘《あま》えるように私《わたし》の腕《うで》を取り、妙《みょう》なことばかりいいだす麻琴と、おとなしい優等生《ゆうとうせい》で安那のいいなりになっている麻琴。どっちが本当の麻琴なのだろう。それだけじゃない。

私《わたし》はもう一人の麻琴を知っている。目に強い光を持った少年の格好《かっこう》をした麻琴……。


麻琴は真坂《まさか》橋の中程《なかほど》に立っていた。三つ編《あ》みを頭の後ろでまとめ、ジーンズ姿《すがた》だった。

近づいていった私《わたし》に麻琴はU市側の土手を指さしていった。

「あの裏側《うらがわ》に、おばあちゃんの家があって、塾《じゅく》に行く途中《とちゅう》で時々寄《よ》ってくの。一人暮《ぐ》らしだから」

「やさしいんだね」

言葉に少し皮肉《ひにく》が入った。けれど麻琴《まこと》は私《わたし》の言葉なんて聞いていなかった。

「大好きなおばあちゃんだもの。本当のあたしのこと、わかってくれる」

「本当の？」

「そう、本当の夢《ゆめ》や、あこがれ」

夢《ゆめ》？　あこがれ？　私《わたし》には、自分がこれから、どうしたいのかなんて、まるっきり見えてない。でも、麻琴はちがうのだろうか。だまっていると、麻琴が、私《わたし》の肩《かた》に寄《よ》りかかるようにしてささやいた。

「ケイ、あたしの秘密《ひみつ》、教えてあげる」

秘密《ひみつ》？　そうだ。確《たし》かに自分の秘密《ひみつ》を話すと、麻琴はいった。けれど、教えてあげるって、頼《たの》んだわけでもないのに。私《わたし》は少しあきれたような顔で麻琴を見た。麻琴はそんなことにはおかまいなしに、にっこり笑うといきなり私《わたし》の手を引っぱって橋のたもとの方に向かって走りだした。

「どこ行くの?」

「あの木のところ!」

麻琴は私《わたし》を椎《しい》の木のそばに立たせた。いつか、麻琴が上から小石を投げつけた木だった。

「竜《りゅう》の木……」

ぽつりとつぶやく。麻琴《まこと》はいきなり私《わたし》の腕《うで》にしがみついてきた。

「やっぱりケイは、特別な人!」

喜々とした表情《ひょうじょう》でまとわりついてくる麻琴の腕《うで》を、私《わたし》はやんわりとはずす。

「そう、あれは、竜《りゅう》の木なの。あたしはずっと前からそう呼《よ》んでた」

麻琴はあの横に伸《の》びた枝《えだ》をまっすぐに指した。

「うそ……」

「あの木には竜《りゅう》がひそんでいるの。天翔《あまかけ》る竜《りゅう》。いつかあそこから空に向かって飛びたつ」

再《ふたた》び私《わたし》に視線《しせん》をもどした麻琴は、泣きそうなほどにきらきらした目を向けると、少しかすれた声でいった。

「ここに、いて、ケイ」

そして、横に伸《の》びる枝《えだ》を見あげると、幹《みき》のこぶに足をかけ、思いがけない敏捷《びんしょう》さで木に登った。

「麻琴《まこと》！」

私《わたし》は思わず相手を名前で呼《よ》んでいた。返事はなかった。木の枝《えだ》がわさわさとゆれている。やがて、じょじょにそのゆれが収《おさ》まり、止まったのと同時だった。

「マ・コ・ト！」

麻琴が、だれかに呼《よ》びかけるように、自分で自分の名前を叫《さけ》ぶ。けっして大きくはないがよく通る声が響《ひび》いた。やがてするりと木の上から飛びおりた麻琴は、かつてここで三度出あった、あの〝少年〟だった。

長い髪《かみ》は帽子《ぼうし》の中にすっぽりとかくれている。目深《まぶか》にかぶった帽子《ぼうし》からのぞく目には強い光が宿っている。同じ人間なのに、全然雰囲気《ふんいき》がちがっていた。表情《ひょうじょう》には自信がみなぎって、口元にかすかに笑《え》みを浮《う》かべている。

麻琴はふざけている。そうでなければ私《わたし》をからかっているのだ。何だって、こんな大げさなことをするのだろう。

「江坂《えさか》さん、わたし、あなたの悪ふざけにはもうつきあえない」

「そんなやつ、知らない」

はきすてるように麻琴はいった。口振《くちぶ》りまで男の子みたいだった。

「知らないって……」

「君と会ったのは四度目だね。ボクにはわかっていたよ。また、君と会うってね、ケイ」

そう、たしかに四度目。けれど前の三回は、こんなに間近で見たわけじゃない。しばし、私《わたし》はぽかんとした顔で相手を見ていたにちがいない。腹《はら》を立てていたことも忘《わす》れて。目の前に立つのはまちがいなく麻琴なのに、声の調子も言葉遣《づか》いもちがう。表情《ひょうじょう》も、所作も。

ふざけるにしては堂に入っている。優等生《ゆうとうせい》の麻琴がすることとはとても思えなかった。

「江坂さんじゃないなら、あなた、だれよ」

「マコト」

「じゃあ、やっぱり江坂さんじゃないの」

「ちがう。ボクはただのマコトだ。真実の真」

マコトはふっと笑って視線《しせん》を川に向けると流れを目で追った。きれいな横顔だと思った。

色白で鼻筋《はなすじ》が通って、ヨーロッパ映画に出てくる男の子のようだった。でも、マコトと名乗ったのが麻琴《まこと》自身であることは、動かすことのできない事実なのだ。だから、私《わたし》は白状《はくじょう》させたかった。ちゃんと認《みと》めさせたかった。自分が江坂《えさか》麻琴であると。

「あなたが江坂さんじゃないなら、どうしてわたしの名前を知ってるの？」

「当たり前じゃないか。君はケイだもの」

答えにも何もなっていなかった。でも、相手はまるで悪びれるところがない。マコトは私《わたし》の腕《うで》をつかんだ。おしとやかな女の子とは思えないくらい力強く。それが江坂麻琴だとわかっているのに、なぜか一瞬《いっしゅん》どきっとした。

「ボクは君のことはよく知っているよ」

腕《うで》をつかまれたまま、少し橋を歩く。この子は江坂麻琴。何度も自分にいいきかせる。それなのに私《わたし》の心拍数《しんぱくすう》はいやおうなく高まってしまう。

「残念だけどボク、今日はもう行かなくちゃいけない。ねえ、ケイ、またあさって、ここで待ってるから。今度はもっといろいろ話そう。もっともっと、君のこと知りたい」

マコトはそういって正面から私《わたし》を見つめた。まるでくどかれてるみたい。そう思ったとたん、顔がほてった。でも、マコトは少し乱暴《らんぼう》に私《わたし》の腕《うで》をふりほどいて背《せ》を向けると、さっき、おばあちゃんの家があると指さした方に向かって走りさった。私《わたし》は呆然《ぼうぜん》とその姿《すがた》を見おくった。

一人自転車をこぎながら自宅《じたく》へと向かう。やっぱりからかわれたのだろうか。また腹立《はらだ》ちがぶりかえしてくる。明日学校で何もかもぶちまけて、問いつめてやろうと思った。悪ふざけにも程《ほど》がある、と。

次の日の朝、教室に入りしな、麻琴の席へと向かった。

「江坂さん」

麻琴が座《すわ》ったまま振《ふ》りかえる。いつもどおりの、折り目正しいけれど少しよそよそしい麻琴がいた。目が合った。

「あ、守口《もりぐち》さん、おはよう」

ぱっと花が咲《さ》いたような笑《え》みを浮《う》かべた。でも、それはほんの一瞬《いっしゅん》のことで、すぐにふだんのまじめそうな顔にもどったけれど。

「おはよう」

型《かた》どおりのあいさつを返す。麻琴《まこと》の声が聞こえたような気がした。河原《かわら》でのことは二人だけの秘密《ひみつ》だから、と。私《わたし》はすっきりしない思いで席に着いた。文句《もんく》なんて、いえるわけがない。だって、麻琴は私《わたし》を信頼《しんらい》しているのだから。友だちってわけでもないのに、そんなの迷惑《めいわく》だと思った。けれど、ほかにも人がいる場で相手をなじったりなんて、私《わたし》にできるわけがないではないか。


振《ふ》りまわされているな、と思った。しゃくにさわるとも思った。でも、結局、私《わたし》はまたしてもこうして真坂《まさか》橋の上に立つことになるのだ。

麻琴は今日は最初にここで会うことを約束《やくそく》した日と同じ、グレーのワンピース姿《すがた》だった。

麻琴はこの前のことをどう釈明《しゃくめい》するのだろう。

「ねえ、ケイ、あたしの秘密《ひみつ》、もうわかったでしょう」

麻琴は私《わたし》の腕《うで》を取っている。いつもの優等生《ゆうとうせい》の麻琴の顔だけれど、私《わたし》の目の裏《うら》ではマコトがちらちらしていた。でも、麻琴のいう秘密《ひみつ》って何だろう。私《わたし》はだまっていた。

「あたし、あの木の上で念じるとね……」

麻琴はじっと私《わたし》を見つめている。

「男の子になるの」

真顔だった。それがかえっておかしくて、私《わたし》はつい吹《ふ》きだす。男の子のふりをすることと、男の子になるということは、全然ちがう。たしかに、麻琴の演技《えんぎ》はなかなか上手だけれど。

「江坂《えさか》さん、演劇部《えんげきぶ》に入ればよかったね」

かなり皮肉っぽくいったつもりだが、まったく動じない。

「麻琴と呼《よ》んでって頼《たの》んでるのに」

まこと、か……。真実の真でマコトだと、〝少年〟のマコトはいった。

「じゃあ、あなたは、本当は男の子なの？」

私《わたし》の言葉にはまだ皮肉が混《ま》じる。

「わからない。だって、男の子になっている時のことは何だかぼんやりしてるから」

「この間のことも？　マコト……男の子のマコトが、わたしと何回会ったかも？」

「たぶん、四回、かしら。自分が、マコトにチェンジしたことはわかるの。たぶん、あたしがマコトを呼《よ》んでいるのだから。でも、その時何があったかははっきりしないの」

「じゃあ、中津《なかつ》や桜川《さくらがわ》と会ったのは？」

「……洋司《ようじ》たちに？」

麻琴《まこと》は首をかしげた。

「石、投げたじゃない」

「あたしが？」

とぼけていると思った。ふざけてると思った。うそつきだと思った。でも、ほんの少しだけ、心のどこかで麻琴の言葉を信じかけていたのかもしれない。そして、しばらく麻琴の〝うそ〟につきあってみようという気になった。

「ホントに覚えてないんだね。あいつらに小石を投げつけたこと。おかげでわたしは助かったけど」

「あたし、ケイのこと、助けたの？」

麻琴は心底嬉《うれ》しそうにいった。これが演技《えんぎ》ならアカデミー賞ものだ。

「中津と桜川って仲いいの？　みんなにいったらびっくりするね、きっと」

「幼稚園《ようちえん》からずっと一緒《いっしょ》だったから。あたしもだけど。洋司は前はあんな子じゃなかったのに。正義感《せいぎかん》が強くて、あんな意地悪ないい方しなかった」

あんたのことが好きだからだよ、と心の中でだけつぶやいた。麻琴に対して、敵意《てきい》さえ感じさせる目を向ける洋司だが、その視線《しせん》はすぐにゆらぎ、どこかおどおどと気弱そうなものに変わる。そればかりか、少しせつない表情《ひょうじょう》で背後《はいご》からじっと見つめているのを目撃《もくげき》したこともあった。あの自信に満ちた優等生《ゆうとうせい》としての態度《たいど》を、麻琴にだけは保《たも》つことができないのだから、よほど心をかきみだされるものがあるのだろう。

「家も、近いんだよね。この前、カードケース届《とど》けた時に、中津って家がそばにあったけど、あれ……」

「あの家も父の設計《せっけい》なの。母親同士が仲良くて」

「おとうさん、一級建築士《けんちくし》なんてすごいね」

でも、麻琴はふいに表情《ひょうじょう》をこわばらせると、視線《しせん》をはるかな流れの先に向けた。何かまずいことといったのだろうか。

「中津《なかつ》と、何かあったの？」

「別に。進学のことで悩《なや》んでいたみたいだけど」

それは麻琴《まこと》とは関係ないことだろう。少し間をおいて、麻琴がぽつりといった。

「有美《ゆみ》がね、洋司《ようじ》のこと好きなの。内緒《ないしょ》だけど」

じゃあ、三角関係？

「ほかにも洋司のことを好きな子はいると思うけど。有美は友だちだから、バレンタインデーのチョコレート渡《わた》してあげたの。そしたら、そういうことを頼《たの》むヤツの気が知れない、頼《たの》まれて引きうけるなんてもっと信じられないって怒《おこ》っちゃって」

「マジ？」

麻琴って案外鈍感《どんかん》なのだろうか。

「でしょう。そんなことで怒《おこ》るなんて」

返事ができなかった。そりゃあ怒《おこ》りたくもなるだろう。

「受けとってはくれたの。だけど、ホワイトデーにお返ししなかったっていうから、有美がかわいそうだっていったの。お返しぐらいするものでしょ、だれだって。でも、それから口きかなくなっちゃった。男子ってわかんない」

ほんの少しだけ、洋司が気の毒になった。

「洋司のことなんて、どうでもいい。それより、今度、いつ会える？」


麻琴と私《わたし》、そしてマコトと私《わたし》の、奇妙《きみょう》なつきあいが始まった。

麻琴は、学校での姿《すがた》とずいぶん雰囲気《ふんいき》が変わる。優等生《ゆうとうせい》という役割《やくわり》から解放《かいほう》されているせいか、表情《ひょうじょう》も生き生きとしている。そしてすぐに私《わたし》に甘《あま》えるように寄《よ》りかかってくる。

一方、マコトの方は、自信に満ちた表情《ひょうじょう》で、正面から私《わたし》を見すえる。私《わたし》には、辺奈川《へんな》に行くまで、その日に橋の上で待っているのが麻琴なのか、マコトなのかわからない。

名前を呼《よ》ぶ時、麻琴に対してはすばやく一気にｍａｋｏｔｏと発音する。少年になったマコトにはｍａ・ｋｏ・ｔｏと一音一音を区切るようにして呼《よ》ぶ。その区別を相手もしっかり認識《にんしき》しているようで、うっかりまちがえると麻琴は首をかしげ、マコトの方は不機嫌《ふきげん》になる。

強い日差しが河原《かわら》に濃《こ》い影《かげ》を作る。五月って真夏より紫外線《しがいせん》が強いというのを思いだして、帽子《ぼうし》をかぶってくればよかったと思った。これから会う相手は、今日は帽子《ぼうし》をかぶっているだろうか。かぶっていれば、マコトだ。

その日は麻琴《まこと》だった。

「ケイって読書家ね」

「そうでもないと思うけど」

麻琴は私《わたし》の手から、薄《うす》よごれた文庫本を取りあげた。

「ずいぶん古そうな本」

「親の本だもの」

それは母の本棚《ほんだな》から勝手に持ちだしてきた、上田敏《うえだびん》の訳詩集《やくししゅう》『海潮音《かいちょうおん》』だった。

「ケイのお母さんってどんな人なの？」

「自分の仕事に夢中《むちゅう》な人」

「キャリアウーマンね。かっこいいわね。あたしの母なんて家事しかできないもの」

家《うち》の母親は家事はあまりできないといおうとしてやめた。意味のない言葉だ。

「ママは何かにつけて女の子なんだから女の子らしくっていうの。で、自分が出たS女子大に行かせたがっているの。高校もそこの附属《ふぞく》を受けなさいって。そうすればいい条件《じょうけん》の人と結婚《けっこん》できて、幸せになれるって」

S女子大の附属《ふぞく》高校はお嬢様《じょうさま》学校で知られているが、学力レベルもけっこう高くて、簡《かん》単《たん》に合格できる学校ではなかった。

親が子どもの行く学校を決めたがるなんて、母に話したらびっくりするにちがいない。母の口ぐせは、あんたの好きなようにしなさい。人さまに迷惑《めいわく》さえかけなければ、だから。それに、いい条件《じょうけん》の結婚《けっこん》？　いつの時代の価値観《かちかん》なのだろう。

「麻琴は、そこに進学したいわけ？」

「わからない。でも、ママの願いはかなえてあげたいじゃない。本当の親じゃない分、よけいに心配してくれてるのだから」

なぜ麻琴は自分の母を本当の親ではないというのか、その理由はわからない。でも、母親を嫌《きら》っているわけではなさそうだ。人ってあんまり恵《めぐ》まれていると、それがつまらないと思ったりするものなのだろうか。

「ねえ、ケイの家に遊びにいってもいいでしょう？　ケイのおかあさんに会ってみたいもの」

そうして次の日曜日、麻琴《まこと》は私《わたし》の家に来ることになった。けれど、直前の金曜日に現《あらわ》れたのは、麻琴ではなくマコトの方だった。

女の子が男の子に変われるはずはない。だからマコトはまちがいなく女の子だ。問題は、麻琴がお芝居《しばい》をしてマコトになっているのか、本人が本当に男の子だと思いこんでいるのか、ということ。でも、女の子が自分を男の子と思いこむなんてことが、あるのだろうか。

目の前に立って、私《わたし》をじっと見つめるマコトの瞳《ひとみ》に宿る強い光。何だか恥《は》ずかしくてまぶしくてつい視線《しせん》をそらす。そうすると、マコトは不敵《ふてき》な笑《え》みを浮《う》かべる。

「今日はさ、U市の方へ行ってみようよ」

そういって、マコトは私《わたし》の手をぐいぐい引っぱって行く。その力は、明らかに麻琴よりも強かった。

真坂橋《まさかばし》を渡《わた》りきって土手の向こうをながめれば、畑の中に家が点在《てんざい》する光景はM市によく似《に》ている。

通りがかりの女の子がマコトに手を振《ふ》った。

「やあ、元気？」

とマコトはナンパ少年みたいに気安く声をかける。

「知ってる子なの？」

聞いてみても、もうそっぽを向いて問いには答えない。気分屋で強引なのだ。

「ケイは足が速いんだろ。競走しようよ」

マコトはいきなり走りだした。

足は麻琴より私《わたし》の方がずっと速いはずだった。けれど、私《わたし》はなかなかマコトには追いつけなかった。ようやく肩《かた》を並《なら》べると、マコトは急に足を止めて、

「ほんとに速いや。女の子のくせに」

と笑い、私《わたし》の肩《かた》をこづいた。思わず、胸《むね》がドキッとした。あわてて私《わたし》は目を背《そむ》けた。そして少し突《つ》きはなすような冷ややかな声でいった。

「何でわたしのこと知ってるの。わたしは江坂《えさか》さんの同級生なんだよ。あなた、江坂《えさか》麻琴なんて知らないっていったじゃない」

マコトは笑みを引っこめてまゆを寄《よ》せた。

「本当はさ、あいつのこと、よく知ってる」

「知ってるですって?」

あなた自身のことでしょ! そうどなりたかった。少年のようなマコトの顔を頭から追いだすために。

「そう。知ってる。あいつが今里《いまざと》のいいなりなことも、中津《なかつ》に嫌《いや》がらせされたことも。……それに、明後日《あさって》ケイの家に遊びに行くことも ね。あいつとは一心同体だから」

ジャケットのポケットに片手《かたて》を突《つ》っこみ、口笛を吹《ふ》きながら歩くマコト……。何だか男の子と歩いているようで気恥《きは》ずかしい。気恥《きは》ずかしいけれど、心がはずむ。そんな思いを抑《おさ》えられない。

これまで、男の子になんて興味《きょうみ》がなかった。同性《どうせい》の友だちだっていらないと思っていた。じゃあ、麻琴《まこと》、あるいはマコトは友だちといえるのだろうか。私《わたし》はとなりを歩くマコトを見て密《ひそ》かに首を振《ふ》る。友だちなんて……。

六

麻琴が来た。ミニスカートをはいている。

「いらっしゃい」

母が笑いかける。母は機嫌《きげん》が良かった。ほほえみを返す麻琴は完璧《かんぺき》な優等生《ゆうとうせい》だった。きちんとあいさつをした後で、母親に持たされたといって、おみやげを差しだす。手作りのパウンドケーキだった。

「まあ、手作りなの？　すばらしいわね」

「おかあさんも少し見習ったら」

と茶々を入れてみるのだが、麻琴は応《おう》じない。真顔で、

「働いていらっしゃるのだから」

などといって母を喜ばせた。

「本当はもう少し桂《けい》にもいろいろしてあげたいのだけれど、何しろ仕事しなくちゃいけないから。まあ、手のかからない子だし」

手をかけないだけじゃないか、と突《つ》っこんでみたいけれど口にはしなかった。母が当たり前のようにパウンドケーキを私《わたし》に手渡《てわた》した。こんな時ぐらい母親らしいところを見せればいいのに。私《わたし》はキッチンでそれをカットし、湯をわかして紅茶《こうちゃ》をいれた。ケーキを口にした母は、

「まあ、おいしい！」

と、本当においしそうにいった。

「たしかに、わたしの母はいろいろ作ってくれます。食べるものだけじゃなくて。気をつかっているのかもしれません。本当の産みの親ではないから」

「あら……」

母は二《に》の句《く》が継《つ》げず、私《わたし》は軽く舌打《したう》ちする。私《わたし》の母にまでうそをつくなんて。

「母はあたしが知ってるって知らないんです。だからちょっと気を遣《つか》っちゃって。でも、

母のことは大好きです」

麻琴《まこと》はそういって静かにほほえむ。ほんの少し寂《さび》しさを表情《ひょうじょう》ににじませて。あきれた私《わたし》はさっさと自分の部屋に麻琴を引っぱっていった。

「男の子の部屋みたい」

麻琴がいった。たしかに、麻琴の部屋とは大ちがいだ。本棚《ほんだな》に無造作《むぞうさ》に積みあげられた本とCDのほかはほとんど何もない。

「でも、麻琴とちがって、わたしは男の子にはなれないけどね」

言葉にとげがあったかもしれない。泣きそうな表情《ひょうじょう》になったのには、ちょっとあわてた。

「麻琴は男の子になりたいんでしょ」

返ってきたのはため息だった。

「だって、男っぽい人、好きじゃん。深江《ふかえ》先生とか……」

「……女の人って損《そん》よね」

「そうかなあ」

「女は弱いから」

「そうかなあ」

「そうよ」

父にいったら卒倒《そっとう》しそうだ。結局女の方が強い……父がそう語るのを私《わたし》は二度聞いている。

「だから、男の子にあこがれるわけ？」

「男なんて、大嫌《だいきら》い。あたしがなりたいのはそんなんじゃない！」

麻琴《まこと》はいつになく激《はげ》しい口調でいった。ますますわからなくなった。男っぽい人にあこがれ、自分でも時々男の子になるというのに、男なんて大嫌《だいきら》いだという。どう反応《はんのう》したらいいのかわからずに困《こま》ってたら、いいタイミングでドアをノックする音が聞こえた。母が部屋の戸をたたくなんてめずらしいと思ってドアを開く。立っていたのは、兄だった。

「おにいちゃん……どうしたの、突然《とつぜん》」

「とうさんの出張《しゅっちょう》みやげ持ってきたんだ。そしたら、桂《けい》の友だちが来てるっていうから」

兄は私《わたし》たちの前に、つやつやとしたサクランボをおいた。

「江坂《えさか》さん、こっち、わたしの兄。東京《とうきょう》で大学生してる」

「どうも、妹がお世話になります。兄の幹生《みきお》です。こいつ、ちょっと変わり者でね。友だち家につれてきたのなんて、小学校の二年以来なんですよ」

「江坂麻琴です。いつもケイには助けられています」

「桂が？　お世辞はいいんですよ」

「本当です」

麻琴が少しむきになっていったので、兄は私《わたし》をちらと見て苦笑《くしょう》した。

「だってケイはあたしにとって特別なお友だち。竜《りゅう》の木の下で会ったの」

それは兄にというよりは、自分に向かってつぶやくような言葉だった。

竜《りゅう》の木……。そうだ、そう思ったのだ。あの木を初めて見たときの既視感《きしかん》は何だったのだろう。

「ねえ、おにいちゃん、前の家に、椎《しい》の木とか、あったっけ」

前の家とは、まだ家族が四人、一緒《いっしょ》に暮《く》らしていた東京の一軒家《いっけんや》のことだ。

「木かあ？　オヤジがハナミズキ植えたろ。白い花の咲《さ》くやつ。高木《こうぼく》はそれぐらいじゃないか。ちっぽけな庭だったし」

「そっか」

前の家の庭ではなかったのだ。

兄は、

「じゃあ、ごゆっくり。今度、東京《とうきょう》に一緒《いっしょ》に遊びに来たらいいよ」

と、いいのこして部屋から出ていった。

二人になってしまうと、話題がなくなった。慣《な》れない場にいて緊張《きんちょう》しているのか、河原《かわら》にいるようにはうちとけてこない。話題探《さが》しに疲《つか》れて、私《わたし》は数学の宿題を聞いた。麻琴《まこと》は親切に教えてくれた。教え方も上手だった。

「麻琴、学校の先生になれば？」

「だめよ、あたしなんて」

「おかあさんが反対するから？　S女子大附属《ふぞく》受けることは、おとうさんも賛成《さんせい》なの？」

「おとうさん？」

麻琴のまゆがかすかに寄《よ》った。そういえば、麻琴は父親についてはは話したことがない。

でも、安那《あんな》がいっていたことがある。麻琴のおとうさんは、この辺りでは有名な秀才《しゅうさい》で、しかもイケメンで、若《わか》い頃《ころ》は女の人にもてたらしい、と。

「麻琴のおとうさんってさ、一級建築士《けんちくし》で、地元の名士なんだって？　今里《いまざと》さんがそんなことといってたような気がしたけど」

「……どうかな」

「つまり、麻琴のおかあさんは、自分みたいになってほしいんだね」

「ケイのおとうさんは？　さっき、おにいさんが、おとうさんの出張《しゅっちょう》みやげっていったようだけど……」

「離婚《りこん》したんだ。東京で兄と暮《く》らしてる」

「大変だったのね」

「そうでもないけど」

「ありがとう。ケイの秘密《ひみつ》、話してくれて」

秘密《ひみつ》というほどのことではない。かくしているわけでもない。でも、麻琴は心底嬉《うれ》しそうにほほえんだ。

七

マコトといる時、U市を散歩することが多くなった。のどかな畑の広がる道をのんびりと歩く。五月も終わりに近づいて、だいぶ気温も高くなっていたけれど、マコトはジャケットを脱《ぬ》ごうとはしない。ジャケットを脱《ぬ》いだら、中身が女の子であることが明らかになってしまうからだろうか。でも、そんなことをつい忘《わす》れてしまうくらい、マコトは少年らしかった。それも、声変わり前で、ちょっと生意気で気まぐれで、それでいて育ちの良さを感じさせるようなタイプの。

「ケイ、ボクと東京《とうきょう》に行かないか」

いいだしたのはマコトだった。

「安那《あんな》に誘《さそ》われてたじゃないか。ボク、東京に行きたいんだ」

「……いいけど、いつ?」

「今度の土曜とかさ」

「……けど、おかあさん、許《ゆる》してくれないんじゃないの?」

いつか安那がそんなことをいっていたのを思いだしたのだ。

「へっちゃらだよ」

「ねえ、おかあさんっていえば、実のおかあさんじゃないって、本当?」

そういったのは麻琴《まこと》だ。もちろん、うそだと私《わたし》は思っている。では、マコトの方は、母親をどのようにいうのだろう。けれど、マコトは何もいわずに、少し大きな声で笑った。何かを嘲笑《ちょうしょう》するような、乾《かわ》いた笑い声だった。

「おとうさんは、イケメンだってきいたけどな」

きっと麻琴は両親のいいとこどりなのだ。でも、マコトはかすかにまゆを寄《よ》せた。

「あいつ、殴《なぐ》るんだ」

一瞬《いっしゅん》、何をいっているのかわからなかった。

「まさか、麻琴のこと?」

「酔《よ》っぱらってさ、おふくろのこと」

はきすてるようにマコトはいった。

「本当に？」

意味のない反問だ。マコトは私《わたし》にはうそはつかない、たぶん。

「本当の親じゃなければいいのにって、ケイは思ったことない？」

「考えたこともない」

だって親は親でしかない。

マコトは、少し不機嫌《ふきげん》そうに口をつぐんでしまった。眉間《みけん》にしわを寄《よ》せるマコトを盗《ぬす》みみて、私《わたし》はおそるおそる話題を変えた。

「本当に、東京《とうきょう》行くつもり？」

「行くさ、もちろん。ケイとデートだよ」

マコトはにっこり笑った。

「どこか、行きたいとこ、あるの？」

「科学博物館、それと高層《こうそう》ビル」

「じゃあ、上野《うえの》と、新宿《しんじゅく》とか池袋《いけぶくろ》かな」

こうして二人で東京に行くことを決めて、その日、私《わたし》たちは真坂《まさか》橋の上で別れた。

でも、私《わたし》の頭の中には、さっきマコトがいった言葉がこびりつくように残っていた。

——アイツ、ナグルンダ。ヨッパラッテサ、オフクロノコト……。

麻琴《まこと》は、おとうさんが酔《よ》っておかあさんに手を上げるのを、見てしまったのだろうか。

優秀《ゆうしゅう》で地元の名士だと聞いていたので、何だか信じられなかった。でも、あれは本当のことなのだ、と思った。

絵に描《か》いたような幸せな家庭なんて、ないのかもしれない。


マコトはいつものように紺《こん》の帽子《ぼうし》をかぶり、ジャケットを着て待っていた。快速《かいそく》列車に乗って約四十分、私《わたし》たちは上野についた。

上野公園の中には博物館や美術館《びじゅつかん》がたくさんある。私《わたし》がここに来たのは、今日が三度目だった。最初は幼稚園《ようちえん》の頃《ころ》、家族で行った動物園。二度目は兄につれられて行った、文化会館でのピアノコンサート。でも科学博物館に来たのは初めてだった。

入り口の左手に何か見えた。青いオブジェ。走りよったマコトが見あげながら、つぶやいた。

「シロナガスクジラ」

実物大の青いクジラの模型《もけい》だった。

「行こう、四時半までしか見られない」

時刻《じこく》はすでに三時を回っていた。

見学するところはマコトに任《まか》せることにした。マコトは素早《すばや》く案内板を見て、

「地球館！」

というと、私《わたし》の腕《うで》を引っぱって行った。

マコトは、隕石《いんせき》だとか、月の石だとかにすっかり魅《み》せられたようだ。

「すごいよなあ、月だってさあ」

ずいぶん前に、月まで人間が行ったことは私《わたし》だって知っていたけれど、自分の生活には関係ないことだから、まったく関心なかった。でも、マコトはちがうようだ。はるかな宇《う》宙《ちゅう》に思いをめぐらせているのかもしれない。かと思うと、江戸《えど》時代に作られたという天《てん》球儀《きゅうぎ》を見ては、

「江戸《えど》時代だってさ。昔の人ってえらかったんだね。今みたいにいろんなことがわかってたわけじゃないのにさ」

などと感心している。目がいちだんときらきら輝《かがや》いて、こんなにはしゃいでいる姿《すがた》を見た

のは初めてだった。宇宙《うちゅう》に夢中《むちゅう》になっている男の子そのもののマコトが、まぶしく見えた。けれど、そこに長くいたせいで、見ることができたのは地球館だけ。それもかなりかけ足になってしまった。最後にミュージアムショップで、マコトが絵はがきを買った。

「また、来ようよ。恐竜《きょうりゅう》のとことかちゃんと見たいし、日本館、全然見られなかったから」

私《わたし》はうなずいた。あまり興味《きょうみ》はなかったけれど、いやだとはいえなかった。麻琴《まこと》はどちらかというと、英語や国語が得意だけど、マコトは理科が好きなのだろうか。でも、同じ人間なのだから、本当は麻琴だって、理科が好きなのかもしれない。

公園の中を、ふたり並《なら》んでゆっくりと歩いた。

「塾《じゅく》が一緒《いっしょ》の子で、宇宙《うちゅう》飛行士になりたいって子、いるんだよ」

「へえ、そういうのが男子たちのあこがれなんだね」

「女の子だよ、それ」

たしかに、今は女の人だって宇宙《うちゅう》に行ける時代なのだから、別に不思議《ふしぎ》はない。

「マコトは、何になりたいの?」

聞いたとたん、マコトの顔が一瞬《いっしゅん》固まってしまった。聞いてはいけないことだったのだろうか。麻琴が母親から望まれているのは、いい大学にいって条件《じょうけん》のいい結婚《けっこん》をすること。それが女の子の幸せだからなんて、今時信じられない。もしも私《わたし》の母親にいったら、冗談《じょうだん》としか思わないだろう。それより肝心《かんじん》なのは、麻琴がどうしたいかなんじゃないかなと思いながら、マコトを見る。マコトは？　麻琴とはちがうのだろうか。

マコトは突然《とつぜん》、笑いだした。乾《かわ》いた笑い声だった。笑っているのにどこか人を拒絶《きょぜつ》するような響《ひび》きがあった。この声で笑われてしまうと、リアクションに困《こま》ってしまう。マコトはわずかにまゆを寄《よ》せて、空を見あげた。

「ボクがなりたいのは、竜《りゅう》だ」

「竜《りゅう》？」

「天翔《あまかけ》る竜《りゅう》。ボクは空を飛ぶ」

マコトは、手を横に伸《の》ばした。

「パイロットとかそういうこと？」

それとも宇宙《うちゅう》飛行士？　さっき友だちといったのは、本当は自分のこと？　でも、マコトはふん、という風に笑った。

「竜《りゅう》だよ。飛行機なんてつまらない。ケイはイメージが貧困《ひんこん》だね」

そういう生意気そうないい方はむっとくるけれど、いかにもマコトらしくて、ほんの少しだけ、自虐的《じぎゃくてき》な快感《かいかん》がある。私《わたし》を突《つ》きはなすように意地が悪かったり、かと思うと妙《みょう》に甘《あま》えてくる。といってもそれは、麻琴《まこと》のようにべったりと寄《よ》りかかってくる甘《あま》えぶりとはずいぶんちがう。振《ふ》りまわされているなと思うのに、私《わたし》はマコトの磁場《じば》から逃《のが》れられない。

それがしゃくで、つい意地の悪いことをいう。

「そうだね。イメージ貧困《ひんこん》だから、科学博物館なんてあんまり興味《きょうみ》ないんだ。次はマコトが一人で来れば?」

「だめだよ。ケイはボクと一緒《いっしょ》に見るんだから」

マコトが私《わたし》の腕《うで》を取る。間近にきれいな横顔が見える。もしも、マコトが本当の男の子だったら……。

ふいに携帯《けいたい》電話が鳴《な》った。それは母のもので、東京《とうきょう》に行くといったら、仕事が休みの母が貸《か》してくれたのだ。

「もしもし……」

おずおずと電話に出る。兄だった。東京に来ていると母に聞いたようだ。

「今、どこにいるんだ」

「上野《うえの》。これからサンシャインに行こうかと思ってるけど」

「そんなとこやめて、家《うち》に来いよ。友だち一緒《いっしょ》なんだろ。飯作ってやるから。帰りも車で送ってやる」

マコトに聞くと、あっさり承諾《しょうだく》したので、私《わたし》は父と兄の住む家に行くことにした。家は豊島《とし》区の南長崎《みなみながさき》というところにあった。

家につく直前、私《わたし》はまずいことに気づいた。今いるのはマコトであって、麻琴ではない。そして兄はこの前、麻琴に会っているのだ。

「ねえ、マコト」

「何?」

「麻琴のふり、できる?」

「……」

「だって、兄はマコトのこと知らなくて、来るのが麻琴《まこと》だと思ってるから」

「しょうがないなあ」

不承不承《ふしょうぶしょう》うなずいたマコトに、私《わたし》は胸《むね》をなでおろした。それにしてもややこしい。本当はマコトは麻琴なのだ。麻琴がマコトになって、そのマコトが麻琴のふりをするなんて。

家には父もいた。

「いらっしゃい」

父はにこにこ笑ってマコトを迎《むか》えた。

「おじゃまします」

と、おとなしそうな女の子らしい声音《こわね》でマコトはいった。

「江坂《えさか》麻琴さん。優等生《ゆうとうせい》なんだよ。頭ちょっとけがしてるから、帽子《ぼうし》はぬげないから」

父は笑顔のまま、気にしなくていい、といった。麻琴がマコトでいるためには帽子《ぼうし》とジャケットが必要。その帽子《ぼうし》をぬがせるなんてできない。というよりも、私《わたし》自身が帽子《ぼうし》の中の長い髪《かみ》なんて見たくなかったのかもしれない。

家族でいちばん料理上手の兄が作ったのは中華《ちゅうか》で、チンジャオロースとか、チンゲンサイとしいたけの炒《いた》め物とかが、何品もテーブルに並《なら》んだ。

「おかしな家族と思うかもしれないけれど、ぼくと、桂《けい》のおかあさんは離婚《りこん》はしたけれど、いい友だちなんだ。まあ、世の中にはこんな家族があってもいいでしょう」

「ちっとも変じゃないです。だって、表面うまくいってそうでも、本当はそうじゃない家族とか、あるし」

マコトは神妙《しんみょう》な顔でいった。

「まあ、桂のことよろしく頼《たの》みます。この子はちょっと変わった子だから」

そういう一言が余計《よけい》だと、私《わたし》は父をにらんだ。

「何いってんの。わたしのことなんて、わかってないくせに」

「そんなことない、っていいたいところだけど、そうかもしれないな」

父は呑気《のんき》そうにいって、マコトに笑いかける。とうさんって、こんな人だったっけ。もっとせかせかした人だと思ってたけれど。

「まあ、一緒《いっしょ》に暮《く》らしてた時も、仕事ばかりで、あまりいい父親ではなかったからね。でも、やっぱりちょっと変わった子だったと思ってるんだ」

「そうだな、おれもそう思う」

兄が口をはさんだ。私《わたし》は憮然《ぶぜん》として兄をちらっと見て、マコトに目をもどす。マコトは妙《みょう》にきっぱりとした口調でいった。

「変わってるって、ほめ言葉だと思います」

「ほめるつもりはないが、悪いことだとも思ってないよ。あまり遊んでもやれなかったけどね。あれは、いつだったかな。まだ小学校に入ったばかりの頃《ころ》だったと思う。その頃《ころ》住んでいた家は坂道の途中《とちゅう》にあって、家の前の坂を上がりきったところに、小さな公園があってね、なかなか見はらしがいいところなんだけれど、めずらしく出かけなかった休日に、一緒《いっしょ》に散歩に行ったことがあった」

「覚えてないよ」

父は、少しだけ寂《さび》しそうな表情《ひょうじょう》を見せた。

「まだ小さかったからな。その公園でずっと先の方を指さして、パパ、あの向こうに何があるの？　って聞くんだよ。何があるんだろうね、と適当《てきとう》に答えた。そしたら不満そうな顔をしてね。でも、しばらくたったら、今度はいきなり空を指さした。空には飛行機雲が白い筋《すじ》を描《えが》いていた。それで、あの空の向こうに何があるの？　ってね」

父がはるかな昔を思いだす、という風に少し遠い目で語る。

「ぜんぜん、記憶《きおく》にない」

それなのに、何でだろう。妙《みょう》になつかしい思いで胸《むね》が満たされた。切れ切れに出来事や光景がよみがえる。庭にハナミズキがあったというありきたりの木造《もくぞう》二階建て。そこに四人で暮《く》らしていた。スチールの門。玄関《げんかん》までの敷石《しきいし》。ぴょんぴょんはねて玄関《げんかん》に向かった。保育園《ほいくえん》や学童で母の迎《むか》えを待っていた。遅《おそ》い日は心細かった。兄が来ることもあった。手をつないで歩く大きな手。あれは、もしかして、父の手だったのだろうか。けれど、しっかりとした記憶《きおく》が刻《きざ》まれるには、私《わたし》はまだ小さすぎた。

「あたしには、わかる」

マコトの言葉で、我《われ》に返った。

「えっ？」

「ケイの気持ち」

父の家を出たのは七時過《す》ぎだった。車を出す時、兄が小声でいった。

「何か、この前とずいぶん感じがちがうね」

「そうかな」

と、私《わたし》はとぼけた。私《わたし》は後ろのドアを開けて、先にマコトを入れた。

「つかれたでしょ」

と小さくささやきながら。シートに乗りこんだマコトは、後から入ってきた私《わたし》の耳元に口を寄《よ》せて、内緒話《ないしょばなし》でもするようにいった。

「ボク、案外芝居《しばい》上手でしょ」

マコトは車がM市の方に向けてひた走る間、伏《ふ》し目がちにじっと前を見ていて、ほとんど口を開かなかった。そして、ずっととなりに座《すわ》る私《わたし》の手を握《にぎ》っていた。

真坂橋《まさかばし》で降《お》りるというマコトのいい分を、兄に納得《なっとく》させるのが大変だった。

「おばあちゃんの家に泊《と》まることになってますから。道が細いから車入れないんです。本当にここでだいじょうぶ、ケイはこのまま帰って」

マコトはそういったが、私《わたし》は兄を残して車を降《お》りると、土手の上まで見おくった。おばあちゃんの家に泊《と》まるというのは、うそだと思っていた。

「ねえ、一人でだいじょうぶ？」

辺りは真《ま》っ暗《くら》だった。私《わたし》の言葉は、暗にマコトがうそをいっていると指摘《してき》するものだった。マコトは寂《さび》しそうに笑った。

「ここでいいよ。おにいさん、心配するから」

「……うん、じゃあ」

何だか立ちさりがたかったけれど、私《わたし》は背《せ》を向けた。いつまでもここにはいられないのだから。

「ケイ！」

ふいにマコトは私《わたし》に走り寄《よ》って、私《わたし》にしがみついてきた。そして、

「ケイのこと、大好きだよ！」

と耳元でささやくと、あっという間に土手をかけおり、闇《やみ》の中に消えた。マコトの少し熱をおびた腕《うで》の感触《かんしょく》が首にまとわりつく。胸《むね》の鼓動《こどう》を抑《おさ》えるために、深く息をはく。それでも私《わたし》は、少しふらつく足取りで兄の待つ車にもどった。

「家まで送ったの？　おばあちゃんの」

「うん。土手の裏《うら》で、すぐ近くなんだ」

私《わたし》もうそつきになった。マコトのせいで。

「ちょっと変わった子だね」

「そんなことない」

不機嫌《ふきげん》そうに私《わたし》はいった。本当はちょっとどころではないのだけれど。

「まあ、何であれ、桂《けい》にも友だちができてよかったよ。中学の頃《ころ》の友だちっていいぞ」

兄は呑気《のんき》そうにいった。私《わたし》にはわからない。本当に友だちなんだろうか、麻琴《まこと》が、マコトが。私《わたし》は、もはや麻琴がマコトのふりをしているとは思っていなかった。麻琴は本気でマコトになっている。それがどうしてかは、私《わたし》は知らない。それに、なぜ、麻琴は私《わたし》の前でだけマコトになるのか。いくら考えてもわからなかった。

この時は、私《わたし》とマコトの東京《とうきょう》行きが、大きな波紋《はもん》を呼《よ》ぶことになるとは思いもよらなかった。

八

それはマコトと東京へ行ってから三日たった日の夜だった。玄関《げんかん》のチャイムが鳴って、母がチェーンをかけたまま戸を開いた。

「江坂《えさか》麻琴の母ですが」

母はあわててドアを開けなおした。

「あらまあ、どうも。いつも桂《けい》がお世話になって……」

と明るくあいさつした母の言葉が途中《とちゅう》で消えた。麻琴のおかあさんは能面《のうめん》のように無表情《むひょう じょう》で、血の気のない顔をしていた。この間、麻琴の家を訪《たず》ねた時とは、別の人のようだった。

「少し、お話がありますの」

母は無言のまま相手を招《しょう》じ入れると、私《わたし》に目配せした。私《わたし》は台所に行ってお茶をいれた。

「夜分突然《とつぜん》おじゃまするのも何ですけど……」

麻琴《まこと》のおかあさんは、感情《かんじょう》を押《お》しころすような声でいった。私《わたし》は二人の前にお茶を出し、母のとなりに少し間を空けて座《すわ》った。

「おたくのお嬢《じょう》さんが、うちの麻琴と二人で東京《とうきょう》に行ったのはご存《ぞん》じですか？」

「ええ、それが何か？」

「何かって、中学生ですよ、まだ」

母はきょとんとした顔で相手を見ていた。

「無責任《むせきにん》だとは思いませんの？」

「はあ……」

「こういうことは申しあげにくいのですが、どうもお宅《たく》のお嬢《じょう》さんとおつきあいするようになってから、麻琴は落ちつかないようなのです。塾《じゅく》に遅刻《ちこく》したり。東京に行ったという日も、ピアノのレッスンを勝手に休んで。帰ってきたのは九時過《す》ぎですからね。麻琴をあまりそそのかさないでほしいんです」

母のまゆがかすかに寄《よ》った。

「そそのかす？」

「近所の子が見ているんですよ。麻琴が塾《じゅく》へ行く時間にお嬢《じょう》さんと一緒《いっしょ》にいるところを」

洋司《ようじ》だ、と思った。麻琴のおかあさんは、今度は私《わたし》の方を向いた。

「今里《いまざと》さん、びっくりしてましたよ。あなたと麻琴が東京に行ったらしいと話したら」

そりゃあ、そうだろう。私《わたし》は安那《あんな》に、親が厳《きび》しいから子どもだけで東京になんか行けないといったのだから。それよりも、麻琴と私《わたし》が東京に行ったと知って、安那どう思ったろう。ちょっと想像《そうぞう》しただけでも気がめいってくる。

「失礼ですけど、離婚《りこん》なさっているそうですね」

言葉にとげがあった。母のまゆが今度は激《はげ》しく寄《よ》った。でも、唇《くちびる》をかみしめている。がまんしているんだ、かあさん……。

「麻琴は、すなおで聞きわけのいい子なんです。S女子大の附属《ふぞく》高校に進学するのを昔からの希望にしていたのに」

「でも……」

思わず口をはさみそうになって、言葉をのみこむ。――それは、おばさんの希望なんじゃないですか……。いえなかった。母をちらっと見る。まだ、だまっている。

「それなのに、最近、あの子ときたら、守口《もりぐち》さん、どこの高校行くのかな、なんて。でも、S女子大は親がしっかりしてないと、面接《めんせつ》ではねられるそうですけど」

母はそれでも何もいわなかった。麻琴《まこと》のおかあさんもだまりこむ。重い沈黙《ちんもく》に耐《た》えられなくなったのは私《わたし》だった。

「S女子大って、おばさんの母校なんですよね。そんなにいい学校なんだ。今でも、行ってよかったたって思ってるんですよね」

麻琴のおかあさんは、ほんの一瞬《いっしゅん》、虚《きょ》をつかれたような顔をした。けれど、すぐに誇《ほこ》らしげな表情《ひょうじょう》に変わった。

「あの子には、だれよりも幸せになってほしいの」

「それが、S女子大の附属《ふぞく》に行くことなんですか」

「もちろんですよ。あの学校に行けば、まちがいないの。いいお相手にだってこと欠かないし。それなのに……。麻琴は、私《わたし》にかくし事をしたりする子じゃなかったのに。あなたとおつきあいするまでは」

「それが、この子のせいだとおっしゃるのですか」

ようやく母が口を開いた。

「たしかにうちは、父親もいませんし、放任《ほうにん》かもしれません。でも、娘《むすめ》を一方的に悪者にするようないい方はやめてください」

思いもかけない語気の強さにびっくりして、私《わたし》は母を見つめた。それからすぐに目を麻琴のおかあさんに移《うつ》した。一瞬《いっしゅん》、気《け》おされたように下を向いたけれど、すぐに顔を上げると、少し声をふるわせながらいった。

「それだったらもう少し、お子さんのなさることを見ていてください」

母がふっと息をはく。表情《ひょうじょう》から険《けわ》しさが引いた。

「私《わたし》は娘《むすめ》のことをすべてわかっているとはいいません。四六時中見はってるわけじゃないですからね。かくし事だってあるでしょう。でも、私《わたし》は、自分の娘《むすめ》を信頼《しんらい》しています」

きっぱりとしたいい方だった。けど、今、何て、いった？　信頼《しんらい》してるって……。何だか不思議《ふしぎ》な気分で、母を見ていた。

「そうでしょうか、お仕事をお持ちで大変なのはわかりますけれど」

「そちらこそ、過保護《かほご》なんじゃありませんか。いくらほんとの親じゃないからって」

「おかあさん！」

私《わたし》はあわてて母を制《せい》したが、もう遅《おそ》かった。

白い顔をしていた麻琴《まこと》のおかあさんの顔がさっと赤くなった。私《わたし》は母に向かっていった。

「おかあさん、ちがうってば！」

「えっ？　あら、あれ、ちがうの？」

今度は母の方が顔を赤らめた。

「だれが、そんなことといったのですか」

麻琴のおかあさんがかすれた声でいったが、母はそれには直接《ちょくせつ》答えず、静かな声でいった。

「おたくさまとうちで子どもに対する方針《ほうしん》がちがうのは、どうしようもないことです。でも、うちの子がそそのかしたとかいう前に、麻琴ちゃんときちんと話してください。私《わたし》は二人が東京《とうきょう》に行くことを知ってましたから、今の今まで、おかあさまが知らないとは思いもよりませんでした。とにかく、この子は人さまに迷惑《めいわく》をかけるような子ではありません」

麻琴のおかあさんは、軽く唇《くちびる》をかんだまま、しばらくだまっていたが、

「何であれ、うちでは子どもだけで東京に行かせるなんてことはできませんから。二度と誘《さそ》ったりしないでください」

といって軽く頭を下げると、あいさつもそこそこに帰っていった。その後、母は私《わたし》に何もいわなかった。何も聞かなかった。

自分の部屋にもどった私《わたし》は、

「へーえ」

と声に出してつぶやいた。母のいった言葉を反芻《はんすう》する。——娘《むすめ》を一方的に悪者にするようないい方はやめてください……。

意外だった。母がああいうことをいうなんて。しかもけっこうマジで怒《おこ》っていた。

「へーえ、そうなんだ」

私《わたし》はもう一度つぶやいた。二、三度瞬《まばた》きをした時、ふいに涙《なみだ》がぼろっとこぼれた。

子どものことになんて興味《きょうみ》ない人だと思っていた。私《わたし》が何をしているかなんて、知らないと思っていた。でも、そうじゃないのかもしれない。私《わたし》は手で涙《なみだ》を払《ぬぐ》い、またつぶやいた。

「ばかみたい……」

ごろっとベッドに横たわり、母の顔と麻琴《まこと》のおかあさんの顔を順に思いうかべる。麻琴は母親似《に》だ。それに気づかない母はやっぱりそそっかしい。そう思って少し笑った。けれど、笑っている場合ではない。麻琴のことが気になった。麻琴は親に何をいわれ、何を話し、何を話さなかったのだろう。

翌朝《よくあさ》、私《わたし》はぎりぎりまで寝《ね》ていた。何だか母と顔を合わせるのが気恥《きは》ずかしかった。母は何もなかったかのように、私《わたし》の部屋のドアを細く開け、

「出かけるわよ。あんたもいいかげん起きなさい」

といって、せわしなく家を出ていった。

学校へ行きたくはなかった。麻琴と二人で東京《とうきょう》に行ったことが安那《あんな》の耳に入ってしまっ

たのだ。安那の敵意《てきい》に満ちた顔が目に浮《う》かぶようだった。けれど、さぼるわけにはいかない。何よりも気がかりなのは、麻琴のことだから。

九

安那《あんな》の様子がいつもと変わりないことに、私《わたし》は面食らった。けれど内心はわからない。極力目を合わせないようにし、休み時間は読書に集中した。

麻琴《まこと》も、できるだけいつもどおり振《ふ》るまおうとしているようだった。安那に呼《よ》ばれればそばにやってきて宿題を見せてやり、トイレにもつれだって行く。けれど、安那が時折送る麻琴への視線《しせん》は、刺《さ》すように鋭《するど》かった。

すっかり気疲《きづか》れしてしまって出かけるのもめんどうだったけれど、私《わたし》は辺奈《へんな》川に行った。どうしても麻琴と会わなければならなかった。

橋の欄干《らんかん》に寄《よ》りかかっていたのは麻琴だった。

「ごめんね、ケイ」

「あやまることなんかないじゃん」

「でも……」

「いいよ、もう」

「ごめん」

それから麻琴は、ぽつりぽつりと語った。あの日、麻琴の帰りが遅《おそ》いので、麻琴のおかあさんは、安那や近所に住む洋司《ようじ》に、行方《ゆくえ》に心当たりがないか尋《たず》ねまわったそうだ。洋司は、私《わたし》と麻琴が辺奈川で一緒《いっしょ》にいるのを何度か見かけたと告げた。洋司が、私《わたし》のことをよくいわなかったであろうことは容易《ようい》に想像《そうぞう》できる。

家に帰った麻琴はおかあさんにうそをついた。ピアノがどうしてもうまく弾《ひ》けなくて、ついレッスンをさぼってしまったけれど、今度はさぼったことに気がとがめて、家にもなかなか帰れなくなった、と。

でも、次の日、おかあさんは、麻琴の部屋で科学博物館のミュージアムショップで買った絵はがきを見つけてしまった。日付入りのレシートとともに。おかあさんは、安那に電話をして、麻琴と私《わたし》が親しいのかと尋《たず》ねた。そして、麻琴と私《わたし》が二人で東京《とうきょう》に行ったのかもしれないと、安那《あんな》にも話してしまったのだ。

「あたしが誘《さそ》ったんだよね、東京《とうきょう》へ行こうって」

そうだけど、そうじゃない。だって、東京に行こうといったのは、マコトだから。だから、だまっていた。

「ママには、そういったの。誘《さそ》ったのはあたしなんだから、ケイは悪くないって」

「わかってたの？　マコトがそういったこと」

麻琴《まこと》はこっくりとうなずいた。

「ほんとにごめんね、ケイ。いいわけもしないでくれて……」

だって、私《わたし》は麻琴に誘《さそ》われたんじゃないのだから。

「ねえ、麻琴」

私《わたし》は川の流れをぼんやりと目で追いながらいった。

「もう、ここで会ったりするの、やめよう」

「……どうして？」

「親、心配させない方がいい」

麻琴は私《わたし》の腕《うで》にしがみつき、私《わたし》の目をじっと見つめた。

「……あたし、ケイがいてくれないとだめなの。だって、ケイだけが、マコトのことを知ってるのだから」

そんな風にいわれても困《こま》る。マコトのことは麻琴自身の問題だ。私《わたし》はめんどうなことに巻《ま》きこまれるのはいやだ——そういいたかった。でも、麻琴の顔を見たら何もいえなくなった。麻琴は泣きそうな顔で言葉を継《つ》いだ。

「この頃《ごろ》あたし、時々、ここに来なくてもマコトになっちゃうみたいなの」


やっぱり安那はそうとう腹《はら》を立てているようだった。ちくりちくりと、とげのある言葉を麻琴に向ける。それでも宿題を写させてもらったりというメリットがあるから、完全に切ったりはしない。そのかわり、安那が私《わたし》に話しかけることはなくなった。

雨が降《ふ》っていた。昼休み、いつものように、安那のそばには麻琴や有美《ゆみ》が集まっている。

「原宿《はらじゅく》行きたいな」

安那がいって有美《ゆみ》が同調する。

「麻琴、一緒に行こうよ、三人でさ」

けれど麻琴はだまっている。うなずくことなんてできないのは、安那《あんな》にだってわかっている。

「あたしとは行けないんだ。だれかさんとは一緒《いっしょ》に行けても」

「……」

「ちょっと感じ似《に》てるったって、深江《ふかえ》先生とは全然ちがうけどね」

安那がちらと私《わたし》を盗《ぬす》みみた。有美《ゆみ》がきょとんとした顔をしている。

「何とかいいなよ、麻琴。だまってないでさ。あたしと出かけるのがいやならそういったらいいじゃん。こっちはずっと親友のつもりでいたのに」

安那の声が高くなって、何ごとかという風に何人かが振《ふ》りむいたけれど、私《わたし》は知らぬふりをしていた。でも、次の瞬間《しゅんかん》、それができなくなった。

「東京《とうきょう》ぐらい、いつだって行けるさ」

麻琴が少し強い口調でいった。私《わたし》ははっとして顔を上げ、麻琴を見た。その目に強い光が宿っている。ここは真坂《まさか》橋ではない。〝竜《りゅう》の木〟の下ではない。帽子《ぼうし》もかぶっていない。

けれど、そこに立っていたのはマコトだった。

「麻琴、……麻琴」

私《わたし》は立ちあがると、歩みよりながら、静かに麻琴の名を二度呼《よ》んだ。マコトの中の麻琴を呼《よ》びもどすかのように。一瞬《いっしゅん》のうちにマコトは麻琴にもどった。そしておびえたような目で私《わたし》と安那を見くらべると、ふいに背《せ》を向けて教室を飛びだした。

安那ははっきりとした敵意《てきい》を私《わたし》に向けた。

「中津《なかつ》から聞いたよ。辺奈《へんな》川で麻琴と一緒《いっしょ》だったって。何、それ。学校では知らんぷりして、感じ悪いんだよね。あんたが来てめっちゃくちゃ。麻琴はあたしの親友なのに！」

私《わたし》は相手を無視《むし》して席にもどった。

「何でしかとすんだよ。何とかいったらいいでしょ！」

私《わたし》はゆっくりと安那に目をもどした。

「……親友ってさ、何でもかんでもいいなりにさせて、宿題いつも写させてもらってさ、そういうのをいうわけ？」

「何いってるの、あたしたちは……」

「あんた、江坂《えさか》さんのために何してあげてるの?」

一瞬《いっしゅん》、安那《あんな》は顔を赤らめた。それからふいに泣きそうな顔になった。その時、チャイムが鳴って、花田《はなだ》先生が入ってきた。

「江坂はどうした?」

だれも何もいわなかった。

その日、授業《じゅぎょう》がすべて終わるまで、結局麻琴《まこと》はもどってこなかった。私《わたし》は上の空で外ばかりながめていた。安那の様子も尋常《じんじょう》ではなかった。

安那のような子は好きじゃない。身勝手で遠慮《えんりょ》がなくて、あまり近づきたくない。でも、たぶん、安那は安那なりに本気で麻琴の親友なのだと思っていたのだろう。

安那は授業《じゅぎょう》が終わると逃《に》げるように教室を出ていった。残された有美《ゆみ》が私《わたし》のそばにやってきた。

「カバン、どうしようかな、麻琴の」

「持ってってやれば」

私《わたし》はそっけなくいった。親も周囲《しゅうい》も認《みと》める麻琴の友だちは、安那や有美なのだから。

「あのさあ、あたし、何があったのかよくわかんないけど、守口《もりぐち》さんのいうこと、当たってると思うよ」

私《わたし》は思わず目を見はって有美を見た。

「安那は虫が良すぎるもの。すぐいばるし、あたしもカチンとくることある。けど……。でも、あの子にもいいとこあるから」

いつも安那の陰《かげ》にかくれているような有美の意外な一面を見たような気がした。

「カバン、持ってってやんなよ」

もう一度、前よりは柔《やわ》らかい口調で私《わたし》はいった。

「うん、じゃあ」

有美は麻琴のカバンを持って出ていった。


その日、辺奈《へんな》川へは行かなかった。部屋にこもってベッドに寝《ね》ころんでいた。

「めんどくさい」

そう口にしてみた。でも、落ちつかない。五時近くになって、電話がかかってきた。でも出なかった。コール音が十回鳴って切れた。もう一度鳴った。のそりのそりとリビングに行って受話器を取る。

マコトだった。

「どうしたんだよ、ケイ。ずっと待ってたのに。話したいことがあったんだから」

「ちょっといろいろあって」

「安那《あんな》のやつ、何かいったのか?」

「そんなことない」

「おふくろのことなら、関係ないよ。ボクはボクなのだから」

ちがう、マコトは麻琴《まこと》だ。

「ねえ、マコト。麻琴にはさ、前からの友だちがいるんだから、その子たちと仲良くした方がいいよ」

「何いってんのさ、そんなのケイらしくないよ。あさって、またここで待ってるよ」

マコトは私《わたし》の言葉を待たずに電話を切った。

翌日《よくじつ》、麻琴はちゃんと学校に来ていた。そして、昼休み、固い表情《ひょうじょう》の安那に誘《さそ》われて教室を出ていった。有美《ゆみ》も一緒《いっしょ》だった。けれど少したって、三人は前のような親しさを示しながらもどってきた。それでいい、と思った。もともと友だちなんかじゃなかったんだから。

その翌日《よくじつ》も私《わたし》は辺奈《へんな》川へは行かなかった。夕方、電話が鳴った。麻琴だと思った。ためらいがちに出ると、マコトの方だった。麻琴は二回続けてマコトになって電話してきた。それは、今までにはないことだった。

「ケイは、ボクとも会わない気かよ」

非難《ひなん》がましい口調だった。

「マコトは本当は麻琴なんだから、昔からの友だちと仲良くすればいいじゃん。その方が平和だよ」

少しの沈黙《ちんもく》の後、プツッと電話が切れた。

そして次の日、麻琴は学校に来なかった。その次の日もそのまた次の日も。

麻琴が学校を休みはじめて三日目のこと。廊下《ろうか》ですれちがった洋司《ようじ》が私《わたし》にいった。

「江坂《えさか》が学校に来なくなったの、おまえのせいだからな。何も知らないくせに。中途半端《ちゅうとはんぱ》に関わりやがって」

こんなやつに非難《ひなん》されるいわれはないと思った。それなのに、私《わたし》は黙《だま》るしかなかった。何も知らないと私《わたし》にいうだけの何を知っているのか。幼《おさな》なじみだから、私《わたし》の知らないこともたくさん知っているのかもしれない。心の中には、洋司《ようじ》にとって大切な麻琴《まこと》が住んでいるのかもしれない。

では、マコトになることは？　ありえない。そんなことは考えられない。洋司だって何もわかってないはずだ。

だけどやっぱり、私《わたし》のせいだという洋司の言葉は当たっているのだ。私《わたし》は中途半端《ちゅうとはんぱ》に関わって、麻琴から、逃《に》げた。

だれかが、洋司と私《わたし》の会話を聞きつけたようだった。麻琴が不登校だといううわさがあっという間に広がった。そしてその原因《げんいん》が私《わたし》にあるらしい、ということも。洋司が吹聴《ふいちょう》したのかもしれない。でも、そう思っても腹《はら》は立たなかった。安那《あんな》は口実ができたとばかりに、私《わたし》に冷たい目を向けた。最初のうちだけ有美《ゆみ》が気遣《きづか》わしげな視線《しせん》を向けたが、やがて私《わたし》の方を見なくなった。そうして、私《わたし》は孤立《こりつ》した。

「守口《もりぐち》、江坂《えさか》といったい何があったんだ?」

担任《たんにん》の花田《はなだ》先生に聞かれたのは、麻琴が五日続けて休んだ日の放課後だった。

「別に何もありません」

「このところ、いつも一人でぽつんといるじゃないか」

そうか、教師《きょうし》として気にかけなければいけないのは、麻琴のことだけではないのだ。先生も大変だなと思った。

「慣《な》れてますよ、そんなこと。転校ばっかりだったから」

少し笑った。笑ったことで、かえって寂《さび》しそうに見えてしまったかもしれない。それが不快《ふかい》だった。

「江坂のかあさんが、おまえと二人で東京《とうきょう》に行ってから、あいつの様子がおかしくなったっていうんだが」

あの人は教師《きょうし》にまで告げるのか。母にはいえないな。いったら怒《おこ》るだろうな。麻琴の家にどなりこみに行ったりはしないだろうけれど、と思ったら少しおかしくなった。

「わたしにはわかりません。彼女《かのじょ》のことは彼女《かのじょ》の問題だから」

「そんないい方していいのか」

「じゃあ、どういえばいいんですか」

「そんな風にいうなよ。何もおまえを非難《ひなん》しているんじゃないんだから。守口《もりぐち》は年の割《わり》にしっかりしていると思う。しかし、だれもがおまえのように強くはないんだから」

私《わたし》は別に強くない。大人というのは、どうしてこう無頓着《むとんちゃく》なことをいうのだろう。

「江坂《えさか》の病気は、心の問題なのかもしれん。守口、本当は何か知ってるんじゃないか？」

「そんなことありません」

麻琴《まこと》は心の病気なのだ。そんなことわかっていた。わからなければいけなかった。でも、わかりたくなかった。麻琴はなりたくてマコトになったんじゃない。たぶんそうならずにいられない何かがあったのだ。でも、私《わたし》はそれをわかろうとしないまま、麻琴と会えば平気で相手に甘《あま》えさせ、マコトと会えば、まるでデートでもしているかのように楽しみ、そのあげくに麻琴のこともマコトのことも拒絶《きょぜつ》した。麻琴は永遠に私《わたし》を許《ゆる》さないだろう。

もし先生にマコトの話をしたら何というだろう。でも、マコトのことは秘密《ひみつ》だ。秘密《ひみつ》は守らなくてはならない。たとえ、麻琴が私《わたし》を許《ゆる》してくれなくても。

安那《あんな》は時折、様子を見にいっているようだ。

「今日は学校来るっていってたのに。だれに聞いたのか、麻琴さ、深江《ふかえ》先生が結婚《けっこん》するらしいって知ってて、ショック受けてるみたい」

「あこがれてたものね、深江先生に」

安那と有美《ゆみ》のそんな会話が私《わたし》の耳にも届《とど》く。深江先生が結婚《けっこん》するといううわさが流れたのは、つい二、三日前のことだ。先生の結婚《けっこん》話を麻琴の耳に入れたのは、洋司《ようじ》かもしれない。洋司は深江先生を嫌《きら》っている。麻琴が先生を慕《した》っていたから。麻琴が愛する者は洋司にとっては敵《てき》なのだ。

男なんて嫌《きら》い、と麻琴はいった。その口調がよみがえった瞬間《しゅんかん》、私《わたし》はようやく麻琴の心が少しだけ見えたような気がした。


「守口さん」

振《ふ》りむくと、深江先生が立っていた。

「深江《ふかえ》先生……」

「どうしたの、こんなところで」

私《わたし》は体育館の裏手《うらて》で、本を開いたままぼんやりと空を見ていた。梅雨《つゆ》の晴れ間の空は青く澄《す》みわたっていた。

「教室じゃ、読書に集中できないから」

本は少しも進んではいなかった。ここでも集中なんてできないのだ、本当は。

「本が好きなのね」

私《わたし》は本を閉《と》じ、先生の顔を正面から見た。

「先生、結婚《けっこん》するそうですね」

「どうしてばれたのかな」

先生は少し恥《は》ずかしそうにいって、それでも幸せそうにほほえんだ。

「おめでとうございます。披露宴《ひろうえん》とかするんですか」

「ありがと。いちおう会費制《かいひせい》で次の次の日曜に」

「期末テストの直前じゃないですか」

「仕事を休んだりはしないわ。学校での私《わたし》は、結婚《けっこん》しても何も変わらないのだから」

「そうですか」

「ねえ、守口《もりぐち》さん、江坂《えさか》さんのことなんだけれどね」

担任《たんにん》ではない深江先生まで、私《わたし》と麻琴《まこと》の間に何かあったと思っているのだろうか。私《わたし》はだれからも何もいわれたくなかった。それで故意《こい》に話をそらした。

「先生にあこがれているそうですよ、江坂さん」

「ずいぶん前に彼女《かのじょ》、いってたわ。転校してきた守口さんて、先生と感じが似《に》てるって」

「背《せ》が高いだけです」

「私《わたし》はね、似《に》てると思うの」

深江先生は静かにいった。

「私《わたし》、幼《おさな》い時に父を亡《な》くしたのよ。母と二人暮《ぐ》らしだったの。あなたならわかると思うけれど、中学生の頃《ころ》は、周りが幼《おさな》く思えた」

「……」

「江坂《えさか》さんは、あなたが好きなのね」

ケイのことが大好きだよ……そういったのはマコトの方だ。辺奈《へんな》川のそばで会っていた数週間、私《わたし》と麻琴《まこと》、あるいはマコトはとても近くにいた。でも、私《わたし》はもう川には行かなくなってしまった。

「あなたは、どうなの？　江坂さんのこと、どう思っていたのかしら」

「……もう、過《す》ぎたことだから」

ぽつりと私《わたし》はいった。けれどその言葉で、私《わたし》と麻琴、あるいはマコトとが親密《しんみつ》な関係にあったことを認《みと》めてしまったことになる。

「過去《かこ》にしてしまって、いいの？」

だって時間はもどせない。

「先生、先生は、男になりたいって思ったこと、ありますか」

「男？　そうね。少なくとも、女は損《そん》だ、と思ったことはある。でも……」

「でも？」

「今は、そうでもないかな。女の人の方が自分の力で人生を選びとれるような気がしている。場面場面でつねに選ぶことを強《し》いられるから」

「……」

「結婚《けっこん》するという私《わたし》に、仕事は続けるのか、なんていう人がいまだにいるのよ。男にはだれもそんなこといわない。でも、だから面白《おもしろ》い。自分で考えて、選んで、今、ここに私《わたし》はいるの」

「じゃあ、いつか、江坂さんに今の話、してあげてください」

私《わたし》は軽く頭を下げて、その場を去ろうとした。先生が私《わたし》の背《せ》に向かっていった。

「ねえ、守口《もりぐち》さん、バレー部に入らない？」

十

週末に兄が来た。東京《とうきょう》で会って以来、半月ぶりだった。母はここぞとばかりに兄に夕飯を作らせた。できあがったのは中華《ちゅうか》風の炊《た》きこみご飯。兄は中華《ちゅうか》に凝《こ》っているようだ。おいしいという感想《かんそう》を強要する兄に、つい逆《さか》らいたくなって、何もいわないでいた。本当はおいしかった。けれど、おいしいものをおいしいとすなおに味わえる心境《しんきょう》には遠い。私《わたし》は早々《そうそう》に部屋に引っこんで、スキマスイッチのCDを聞いていた。けれど大好きな歌詞《かし》が頭に入ってこない。

軽くドアがノックされ、兄が入ってきた。

「何か用？」

「元気ないんじゃないか」

「そんなことないよ。あんまりおいしいだろ、っていうから」

そう答えて無理に笑ってみせたものの、頭の中には深江《ふかえ》先生の言葉が何度もよみがえってくる。――過去《かこ》にしてしまっていいの？

「ならいいけどな。おまえは何もいわないから、親が心配する」

そうかもしれない。今ならそう思える。少し前なら、母も父も私《わたし》のことになどさほど興《きょう》味《み》ない、と思っていたけれど。

「ねえ、おにいちゃん」

「何だよ」

「男と女ってどっちが強いと思う？」

「そりゃあ……女だよ」

兄はそういってかすかに笑った。

「親見てりゃわかる」

「うちはふつうじゃないでしょ」

兄は今度は声をたてて笑った。

「本当の答えは、人によりけり、だろ」

「答えにならないよそれじゃ」

「あのかあさんだって、女は損《そん》だって、泣いたこともある。泣いたってのは比喩《ひゆ》だけどな」

そう、私《わたし》は母が泣くのを見たことがない。

「まあ、うちもいろいろあったからな」

そのいろいろが、私《わたし》にはイマイチわかっていない。たぶん、親が離婚《りこん》した時はまだ小さすぎた。父には思いいれがなくて、母と暮《く》らすことに何の疑《うたが》いもなかった。むしろ、気がついたら父がいなかったという感じだった。当時すでに中学生になっていた兄とはちがう。

「あの頃《ころ》のオヤジ、嫌《きら》いだったよ」

「じゃあ、何で……」

何で兄は父と暮《く》らすことを選んだのだろう。

「うちは、共働きだったろ。なのにぜんぜん家のことはほったらかしだし、ばあさんにオフクロが何かいわれても、かばいだてもしない。最低だと思ったね。それなのにさ、オフクロに離婚《りこん》いいだされてしおれてるオヤジ見てたら、何かかわいそうになって。あん時、男って案外だらしないんだなって思った。オヤジみたいになりたくないって思ったから、家事をさせたオフクロに感謝《かんしゃ》してる」

兄がそんなことを考えていたなんて。だけど、やっぱり、私《わたし》にはあの頃《ころ》のことがよくわからないのだ。

「けど、女の人が弱いって思っている人は、まだ多いよね」

「たしかに社会的にはさ、まだまだ女の方が立場が弱い。女性《じょせい》差別だって残っているしな」

「自分の妻《つま》に暴力《ぼうりょく》振《ふ》るったりするのってあるじゃん」

「ドメスティックバイオレンス、か。じゃあ、暴力《ぼうりょく》的な男が本当に強いっていえるか？」

「理屈《りくつ》じゃないよ」

だって、振《ふ》るわれる方はたまらない、と思う。でも、私《わたし》にはそれがどういうことなのか、わからない。麻琴《まこと》はどんな思いで、両親を見ているのだろう。手を出されても父に抗《あらが》えない弱い母。その母が、自分に提示《ていじ》する道……。

「麻琴《まこと》は、S女子大附属《ふぞく》になんて行きたくないんだ、きっと」

「この間の子だよな。あの子がどうかしたのか？」

「麻琴のとこはさ、親の希望と本人の希望がずれてる。世間にはさ、家《うち》の親みたいにあんたの好きにしたら、っていう親ばかりじゃないんだよ。だから……」

「まあ、家《うち》だっていろいろあったからね」

と、兄は苦笑《くしょう》した。

「ねえ、いくらいい大学とか出たってさ、端《はた》から見てあんまり幸せそうには見えないのに、どうして自分と同じような進路を子どもに望む人がいるのかな」

麻琴のおかあさんが家にどなりこんできた時の、能面《のうめん》のような顔が浮《う》かんだ。

「それは……たぶん、自分の選んだ道がまちがっていたとは認《みと》めたくはないからじゃないかな」

「だけど、そんなの、子どもがかわいそうじゃん」

「オヤジだってそうだったよ」

「えっ？」

「頑固《がんこ》に自分はまちがってない、とね。オフクロの幸せを願っているのだからって。オフクロの気持ちは棚上《たなあ》げしてね。似《に》たようなものだろ」

「そうなの？」

「あの頃《ころ》は、ほんとにしょうもねえヤツだと思ってた、オヤジのこと。だからさ、オレ、早く大人になりたかったな。けど、あの頃《ころ》は、同級生が幼《おさな》く見えて」

深江《ふかえ》先生も同じようなことをいっていた。

「けどな、ケイ。今のオヤジは適度《てきど》に力が抜《ぬ》けて、いい感じになってきたよ」

「そっか。わたしはとうさんとあんまり関わってこなかったからな」

でも、少しわかる気がする。それにやっぱり、父親の不在《ふざい》に、何も感じなかったわけではないと、今ならそう思える。私《わたし》は、父親なんていなくても平気だと、思わなくてはならなかったのだ。そんな風にいい聞かせて、肩肘《かたひじ》を張《は》ってきたのかもしれない。

「人は変われるんだな、って思うよ。まあ、もちろん悪く変わることもあるんだろうけど。それにさ、うちの親は何のかんのといってさ、おたがいのことが好きなんだよな」

それはよくわかる。ただ、好きだという思いが、相手にとってプラスになるばかりではない。麻琴《まこと》のおかあさんの「好き」だって、洋司《ようじ》の「好き」だって。

麻琴だってやっぱりおかあさんのことが好きなのだ。けれど、おかあさんのようには生きたくないと思っている。それでいながら母親に背《そむ》くこともできない自分。女が嫌《いや》だと思った。自立している深江《ふかえ》先生にあこがれた。そして麻琴はマコトになった。でも、男の子になっても男は嫌《きら》いだ。男は、父親は、酔《よ》った勢《いきお》いで大好きな母親を殴《なぐ》ったりするのだから。

ふいにけたたましくチャイムが鳴り、母が戸を開く気配がした。私《わたし》はふと胸《むな》さわぎを感じて急いで玄関《げんかん》に向かった。

「麻琴、来てませんか?」

玄関《げんかん》には雨にぬれた麻琴のおかあさんが立っていた。様子がふつうじゃなかった。

「まだ帰ってこないんです！　夕方ふらっと家を出たきり」

時計の針《はり》は九時を指していた。

「携帯《けいたい》にずっと電話しているのだけれど、出ないんです。お友だちのところにも聞いてみました。でも、だれのところにも……。あの子、傘《かさ》も持たないで」

いつの間にか兄も出てきた。

「おまえ、心当たりないのか」

「……もしかしたら……あの、おばあちゃんのところは？」

「おばあちゃん？　まさか」

「U市におばあちゃんがいるって……」

「聞きまちがいでしょう。私《わたし》の母は何年も前に亡《な》くなってるし、夫の母は郷里《きょうり》の福島《ふくしま》なのだから」

「じゃあ……」

おばあちゃんがいるといったのもうそだったのだろうか。では、東京《とうきょう》に行った日の夜、あんな時間に麻琴はどこに消えたのだろう。でも、あそこにはだれかがいるはずだ。本当のおばあさんではなくても。

「おにいちゃん、車出して。おばさん、一緒《いっしょ》に来《き》てください」

私《わたし》はそのままの格好《かっこう》で兄と麻琴《まこと》のおかあさんを促《うなが》して玄関《げんかん》の戸を開いた。

「桂《けい》、これ持ってきなさい」

母は私《わたし》に携帯《けいたい》電話を放《ほう》った。

「ありがと」

振《ふ》りかえってかすかに笑《え》みを向け、私《わたし》は外に出た。かなり激《はげ》しい雨が降《ふ》っていた。梅雨《つゆ》寒《ざむ》という感じで思わず身ぶるいしたが、そんなことをいっている場合ではなかった。麻琴は傘《かさ》も持たずにこの雨にぬれているのかもしれない。

「おにいちゃん、この間の川のとこ、行って」

フロントガラスはすぐに水滴《すいてき》がついて、ワイパーがせわしなく動く。本当の祖母《そぼ》ではないが、きっとあの土手の裏手《うらて》に、麻琴を知っているだれかの家があるはずだった。

「麻琴と何かあったんですか」

おそるおそる聞いてみた。麻琴のおかあさんは、くしゃっと顔をゆがめた。何もいってくれないかと思った。でも少したってから、ぽつりといった。

「……昨日《きのう》、塾《じゅく》の帰りが遅《おそ》かったから、ちょっとしかったの」

それだけいってうつむき、また顔を上げて目を泳がせた。

「余計《よけい》なことをいってしまったのは、わかってるの」

「よけいなことって……」

「また、守口《もりぐち》さんと、一緒《いっしょ》だったのか、って。別にあなたと会うのがいけないとか……」

「いいですよ」

少しきつい声で、私《わたし》はさえぎった。

「けどわたしたち、ずっと会ってません」

「……」

「前にいってたんです、麻琴。土手の裏《うら》に、おばあさんが住んでるんだって。おばあさん、本当の自分をわかってくれるんだって」

麻琴のおかあさんは、はっと顔を上げて私《わたし》を見ると、泣きそうな顔になった。

三キロの道のりは、車ではあっという間だった。橋を渡《わた》ったところの路肩《ろかた》に車を止め、外へ飛びだす。暗《くら》い道を兄が懐中《かいちゅう》電灯で照らした。

土手に沿《そ》った道に間隔《かんかく》を空けながら民家が点在《てんざい》している。私《わたし》は迷《まよ》わず、一番真坂《まさか》橋に近い家に向かった。こぢんまりとしたその家からは、ほのかな明かりが見えた。

兄も麻琴《まこと》のおかあさんもだまったままついてきていた。私《わたし》はその家のドアを三度ノックした。反応《はんのう》がなかった。もう一度戸をたたいた。しばらくたって、小柄《こがら》な上品そうなおばあさんがドアを細く開けていった。

「どちらさまですか」

「あの……」

言葉が出てこない。どちらさまって、私《わたし》はだれなんだろう。けれどおばあさんは、私《わたし》を見て、少しドアを大きく開いて、

「あなたは、もしかしたら、まことちゃんのお友だちかしら?」

といった。心臓《しんぞう》がドクンと鳴った。やっぱりこの人は麻琴のことを知っていたのだ! うしろから麻琴のおかあさんが身を乗りだして叫《さけ》ぶようにいった。

「麻琴はどこですか!」

「まことちゃんは、少し前に帰りました」

「あの、……麻琴は、よくここに来てたんですか」

おずおずと聞く。

「ええ、私《わたし》が一人暮らしで、寂《さび》しいだろうと心配してくれて。やさしいお嬢《じょう》さんですよ」

「あの、それは、いつ頃から？」

「かれこれ、半年ほどになりますかしらね。冬だったわ。重たい荷物を運ぶのを手伝ってくれて、それからお友だちになったのよ」

「桂《けい》、急ごう。まだ近くにいるかもしれない」

兄がいうと、おばあさんがけげんそうな顔を向けた。

「まことちゃんが、どうかしたの？」

「あの、帰りが遅《おそ》かったので、探しにきたんです。心配しないでください。今頃《いまごろ》、家にもどってると思います」

私《わたし》たちは礼をいって、あわただしくその家を辞した。

土手の方にもどる途中《とちゅう》で、携帯《けいたい》電話が鳴った。かけてきたのは母だった。

「麻琴ちゃん、見つかった？」

「まだ……」

「たった今、家《うち》に無言電話があったの。もしかしたら、麻琴《まこと》ちゃんかもしれないと思ったのだけど」

聞いたとたん、麻琴だと確信《かくしん》した。どこにいるのだろう。どこからかけたのだろう。おばあさんの家を出て、雨が避《さ》けられる場所……。

はっと思って、私《わたし》は早足で歩きはじめる。あわてて二人が追ってきた。私《わたし》が向かったのは橋のたもとにある椎《しい》の木のところだ。懐中電灯《かいちゅう》を兄から奪《うば》い、私《わたし》は木に向けた。横に伸《の》びる美しい枝《えだ》はやっぱり竜《りゅう》だ。天翔《あまかけ》る竜《りゅう》。竜《りゅう》になりたいマコト。S女子大に行けといわれている麻琴。今、どんな風なの？

懐中《かいちゅう》電灯を下げて、木の根元を照らした。ここに人がいた気配はあるだろうかと、灯《あか》りを動かす。木の裏側《うらがわ》を見た時、あわいオレンジの光が何かとらえた。四角くて青いもの……カードケースだ。麻琴のおかあさんが、拾った。

「麻琴のだわ。ここで、落としたのね。じゃあ、ここに、いたってことね」

落としたんじゃない、おいたのだ、と思った。私《わたし》は橋の方に向かって走りだした。

「桂《けい》！　待てよ、桂」

兄が呼《よ》んだが、私《わたし》は足を止めなかった。マコト、私《わたし》はここにいるよ、迎《むか》えにきたよ……。橋のまんなかから、私《わたし》は目を凝《こ》らすようにして河原《かわら》を見つめた。何も見えなかった。土砂《どしゃ》降《ぶ》りの雨の中、こんな暗《くら》がりの河原《かわら》に人がいるとは思えなかった。でも、ここにいる。だって、見つけて、といっているじゃないか。私《わたし》は叫《さけ》んだ。

「マ、コ、トー！」

私《わたし》の声が聞こえても、返事をしてくれないかもしれない。私《わたし》は麻琴《まこと》のこともマコトのことも裏《うら》ぎってしまったから。でも、私《わたし》の家に電話をかけてきた。まちがいなく麻琴あるいはマコトなのだ、母が受けた無言電話は。私《わたし》が見つけなくちゃいけないのだ。

ようやく兄たちが追いついてきたその瞬間《しゅんかん》、私《わたし》はかすかな声を聞いた。

「返せ、ばかやろ！」

マコトの声だった。私《わたし》は、暗《くら》がりの河原《かわら》にかけおりた。別の声が耳に届《とど》く。

「落ちつけよ、いったいどうしたんだよ」

聞きおぼえのある声だと思った。

「おまえなんか知らない」

マコトの声がまた響《ひび》く。

「知らない？　ほんとにみんな忘れたのかよ！　昔の約束《やくそく》。おれたち、一緒《いっしょ》に……」

「ボクにさわるな！」

振《ふ》りまわした懐中《かいちゅう》電灯の明かりにぱっと一瞬《いっしゅん》、人影《ひとかげ》が映《うつ》った。マコトともう一人の人影《ひとかげ》。

——洋司《ようじ》だった。私《わたし》は二人に走りよった。そして、懐中《かいちゅう》電灯の明かりで洋司の顔を照らした。

「守口《もりぐち》……」

洋司は右手でマコトの紺《こん》の帽子《ぼうし》を握《にぎ》り、左手でマコトの腕《うで》をつかんでいた。二人ともびしょぬれだった。

ようやく追いついてきて、二人を見た麻琴のおかあさんの声がひっくりかえった。

「洋司くん！　……どうしてここに？」

「あの、さっきまだ帰ってこないって電話もらってから、もしかしたらと思って探《さが》しにきたんです。そしたら、橋のところで見かけて……。おばさんが心配しているから、家に帰ろうって……」

私《わたし》はほんの一瞬《いっしゅん》だが、目を背《そむ》けたくなった。お下げ髪《がみ》のマコトなんて見たくなかった。だが、マコトは帽子《ぼうし》をはぎとられても、マコトであることをやめなかった。強い光を持ったあの目で洋司をにらみつけている。

「うそつくな、この野郎《やろう》！」

その言葉に麻琴のおかあさんの顔が固まってしまった。少年のような乱暴《らんぼう》な言葉は、麻琴が口にするはずもないものだった。私《わたし》は我《われ》に返ってマコトを引きよせると、肩《かた》を抱《だ》いて、耳元でささやくようにいった。

「だめだよ、マコト」

マコトは私《わたし》の肩《かた》に額《ひたい》をのせて、苦しそうに息をはいた。おかあさんが、後ろからマコトを引きよせる。私《わたし》は、洋司《ようじ》の方を向いて相手を正面から見すえた。それから、つかつかと歩みより、気がついたら相手の頬《ほお》に平手を食らわしていた。

「あんた、最低だよ！　大人の前でだけ優等生《ゆうとうせい》ぶって」

「……オレは……」

「麻琴《まこと》のことが好きならすなおにそういえばいいじゃない！」

私《わたし》の剣幕《けんまく》に洋司が一歩後ろに下がり、少しおどおどするようにいった。

「オレは、何もしていない」

「じゃあこれは？」

洋司が手にしていた帽子《ぼうし》をひったくり、なおも詰《つ》めよろうとしていた私《わたし》を兄がとどめた。

「桂《けい》！　落ちつけ！　決めつけちゃだめだ。とにかく帰ろう。もう時間も遅《おそ》いから」

私《わたし》は帽子《ぼうし》をマコトには返さずに、肩《かた》をつかんで、名を呼《よ》んだ。短く続けて麻琴、麻琴、と。

それからぞろぞろと車を止めた場所に向かう。だれも、口を開かなかった。

兄が洋司に向かっていった。

「君も一緒《いっしょ》に来なさい。家まで送るから」

こうして五人の人間が車に乗った。だれも何もいわなかった。麻琴のおかあさんはきゅっと唇《くちびる》をかみしめ、助手席に乗った洋司はにらみつけるようにフロントガラスを見つめている。そして麻琴は……今車に乗っているのは麻琴だと思った……あの、東京《とうきょう》に行った日の帰りと同じように私《わたし》の手をずっと握《にぎ》っていた。

まず洋司を家の前で下ろす。車の中でずっと無言でまゆを寄《よ》せていた洋司は、車から降《お》りる時、呼吸《こきゅう》を整えるように間をおいてから、小さいけれどはっきりとした口調で兄に告げた。

「ありがとうございました」

私《わたし》は洋司の方を見て、早口でいった。

「さっきはごめん。帽子《ぼうし》持ってたからかっとなって。心配してたって、わかってるから」

洋司《ようじ》は私《わたし》からは顔を背《そむ》けたまま、

「ああ」

と、低くつぶやいた。たぶん洋司は、少年のように帽子《ぼうし》を被《かぶ》った麻琴《まこと》ががまんならなかったのだろう。女の子らしい麻琴が好きだったから、それが幼《おさな》い頃《ころ》からずっと見ていた麻琴だったのだから。

洋司の家から麻琴の家までは、ほんのわずかの距離《きょり》だった。麻琴のおかあさんは青い顔のまま、少し唇《くちびる》をふるわせながらいった。

「いろいろご迷惑《めいわく》をおかけしました」

「だいぶぬれているみたいだから、風邪《かぜ》を引かないようにお気をつけください」

兄がまるで保護者《ほごしゃ》のような口振《くちぶ》りでいった。私《わたし》はただ頭を軽く下げた。

「……ケイ」

麻琴が小さくつぶやいた。

「うん」

とだけ答え、私《わたし》はドアを閉《し》めた。帽子《ぼうし》は返しそびれてしまった。

私《わたし》たちが玄関《げんかん》の前に立つと、ドアを開く前に母が内側から扉《とびら》を開けた。

「見つかった?」

無言のままうなずくと、母がいった。

「ごくろうさま」

「うん、ありがと」

私《わたし》は携帯《けいたい》電話を返した。

私《わたし》の家はふつうじゃないと思っていた。母子家庭だし、親は放任《ほうにん》で、自分が恵《めぐ》まれていると思ったこともなかった。でも、もしかしたら、私《わたし》は恵《めぐ》まれているのかもしれない。

母はこつんと私《わたし》の頭を軽くたたいた。

十一

次の月曜、麻琴《まこと》は学校に来なかった。正直いって、私《わたし》は少し期待していた。麻琴は私《わたし》を許《ゆる》してくれたのではないのか、そして学校に出てきてくれるのではないかと。現実《げんじつ》はそんなに甘《あま》くなかった。けれど私《わたし》は、今日学校の帰りに麻琴の家に寄《よ》ろうと決心していた。

麻琴のおかあさんに会うのは、気が重かった。学校で、洋司《ようじ》は決して私《わたし》と顔を合わせなかった。洋司と私《わたし》のどちらが信用されているかといえば明らかだ。何といっても洋司は幼《おさな》なじみでクラス委員なのだから。

それでもおかあさんは私《わたし》を家に入れた。

「学校に行かせるつもりだったの。でも、本当に風邪《かぜ》なのよ」

相変わらず固い表情《ひょうじょう》をしていたが、少し笑って紅茶《こうちゃ》を出してくれた。

「守口《もりぐち》さんには、お世話になったわね。あなたがしっかりしてるって、よくわかった」

「そんなことないです」

「それなのに、洋司くんや今里《いまざと》さんのいうことばかり信用しちゃって」

私《わたし》は少しむっとした顔を見せてしまった。ずるいいい方だと思った。それを悟《さと》ったのか、おかあさんは自信なげにうつむいた。あの洋司が、学校では麻琴に対してずいぶん意地の悪い態度《たいど》をとっていたことなんて、知らないのだろう。

「洋司くんとは、本当に仲良しで、幼稚園《ようちえん》の頃《ころ》は、洋《よう》ちゃんと結婚《けっこん》するなんていっていたの」

麻琴はそんなことを忘《わす》れてしまっているみたいだ。だけど、洋司の方では忘《わす》れられないのかもしれない。――忘《わす》れたのかよ、昔の約束《やくそく》……。そうどなった洋司のいう約束《やくそく》というのが何だったのかはわからないけれど、好意を持つ相手だからこそ、麻琴の変化が気がかりだったのだ。竜《りゅう》の木に焦《こ》がれるような思いとか、将来《しょうらい》への夢《ゆめ》とか、具体的には知らなくても、麻琴がだんだんと遠くへ行ってしまうように感じたのかもしれない。だけど、夢《ゆめ》が変わってしまうことだってあるはずだ。

「あの……おばさんは、若《わか》い時、わたしたちぐらいの頃《ころ》、何か夢《ゆめ》とか、ありました？」

「夢《ゆめ》？　そうね……中学生の時は看護婦《かんごふ》、今は看護師《かんごし》っていうのね、看護師《かんごし》になりたかった。でも、高校生の頃《ころ》は、外交官にあこがれたわ。それで英語を一生懸命《いっしょうけんめい》勉強して」

ふっと、昔をなつかしむような表情《ひょうじょう》だった。大人の人って子どもの前では、昔から大人だったみたいな顔をしているけれど、だれだって子どもの頃《ころ》があったのだ。

私《わたし》がだまっていると、麻琴《まこと》のおかあさんがまた口を開く。そして、ためらいがちにおずおずと話す。

「でも……。女の幸せは、良い家庭を作ること。いそがしく働く母を見て、わたしは、そう思った。それでS女子大に進んだの」

「それで、後悔《こうかい》しなかったんですか。外交官になる夢《ゆめ》とか、あきらめて」

「何で後悔《こうかい》なんか。そんなこと、ありえないでしょう」

おかあさんは、むきになるように少し大きな声でいった。それから、それを恥《は》じるように顔を赤くし、不安そうに目を泳がせる。兄の言葉がよみがえった。――自分の選んだ道がまちがっていたとは認《みと》めたくはないからじゃないか……。つまり、S女子大を出て、イケメンのエリートと結婚《けっこん》、それがまちがっているはずはないのだ、と思いつづけたいということなのだろうか。

「わたしの一番の幸せは、あの子が、麻琴が幸せでいること。一番大事な、たった一人の娘《むすめ》なのだから。あの子のためには何だってがまんできる」

でも、あなたの人生は？　たとえ、暴力《ぼうりょく》を振《ふ》るわれても？　だいいち、親にそんな風に思われたら、子どもは重たいんですよ……。

私《わたし》はカバンの中から帽子《ぼうし》を取りだす。びしょぬれになった帽子《ぼうし》を、昨日《きのう》、私《わたし》は懸命《けんめい》に乾《かわ》かしたのだ。

「これ、麻琴のですよね」

おかあさんはとまどったように、まゆをひそめた。

「見たことないわ、そんな帽子《ぼうし》」

「でも、麻琴がかぶってたんですよ。教室ではおとなしいけれど、河原《かわら》で会った時の麻琴は、もっと活発そうでした」

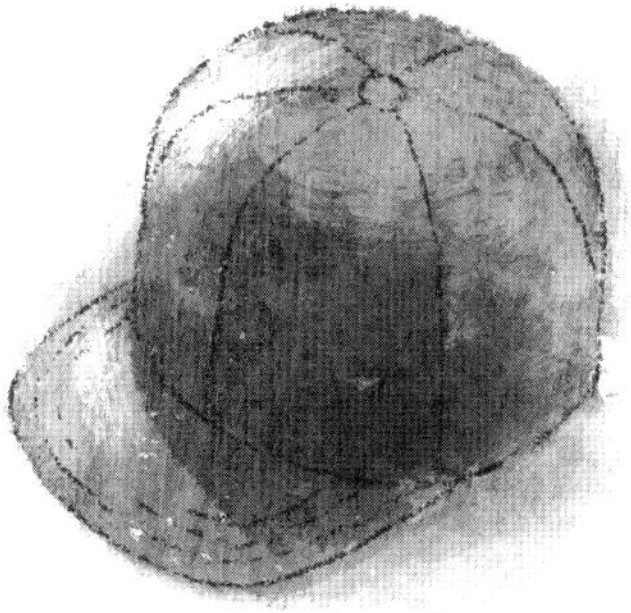

「それじゃあ、まるで、学校ではあの子が猫《ねこ》をかぶっていたと……」

私《わたし》はその言葉をさえぎった。

「麻琴《まこと》の夢《ゆめ》、知ってますか」

「あの子の、夢《ゆめ》？　あなたは知っているの？」

竜《りゅう》……。人は竜《りゅう》にはなれない。でも天翔《あまかけ》ることはできるかもしれない。

「いいえ……でも、きっと何かあるんだと思います。昔、おばさんが看護師《かんごし》とか、外交官とかになりたいと思ったみたいな夢《ゆめ》」

おかあさんは、じっと帽子《ぼうし》を見つめていた。男の子がかぶるような、つば付きの帽子《ぼうし》を。

「……あなた、昨日《きのう》、いったわね。麻琴のおばあさんが、住んでいるって」

「でも、ちがったんですよね」

「あの方、亡《な》くなった母に、どことなく似《に》ていたの」

「亡《な》くなった母って、麻琴のおばあさんに？」

「ええ。麻琴は母にとてもなついていて。だけど、わたしも麻琴も、母の死に目には会えなかったの」

「なんで、ですか」

「母とわたしが大げんかして、絶縁状態《ぜつえんじょうたい》が続いていて……それも、麻琴のことで。あの子、母の家にある木に登って落ちたことがあるの」

「木に？」

「ええ。横に伸《の》びた枝《えだ》の先に移動《いどう》しようとして、枝《えだ》が折れて……」

竜《りゅう》の木だ、と思った。目の前にありありとその木が見えるようだった。小さな麻琴が、大好きなおばあさんの家で、大好きな木に登り、そして、落ちた……。

「それが原因《げんいん》で母とけんかになってしまった。あの子、おばあちゃんに会いたいって一度もいわなかったけど……」

本当のあたしのこと、わかってくれる、いつかそう語ったおばあちゃんとは、あの土手裏《うら》に住む人のことだったのではなく、自分の実の祖母《そぼ》だったのかもしれない。じゃあ、本当の麻琴って……？

「麻琴に会えますか？」

「風邪《かぜ》がうつるといけないから」

「平気です。わたし、じょうぶだから」

麻琴《まこと》のおかあさんはだまってうなずいた。そして、私《わたし》は麻琴の部屋に入っていった。

「麻琴……」

私《わたし》は名を呼《よ》んだ。返事がなかった。

「マコト」

やはり返事はなかった。私《わたし》はベッドのそばに立て膝《ひざ》をつき、顔をのぞきこんだ。まだ熱があるのだろうか、顔が紅潮《こうちょう》していたが、眠《ねむ》っているわけではなかった。まっすぐな目で天井《てんじょう》を見ている。この目は麻琴の目だ。

「麻琴、ごめんね」

「……何で謝《あやま》るの？　ケイが、謝《あやま》ることなんて、何もないのに」

そういって麻琴は顔を背《そむ》けた。でも、私《わたし》にはどうしてもいわなければならないことがあった。いいたいことがあった。

ふっと息をはいて、私《わたし》は麻琴に向かって口を開いた。

「わたしには秘密《ひみつ》なんてないっていったよね。けど、本当はあるんだ。それ、麻琴に話すから。聞きたくなければ耳ふさいでてよ」

「……」

「親友とか、何でも話せる友だちとかってさ、うざいって思ってたんだ、ずっと。寂《さび》しくなんかないって。だから、一人で平気って顔してた。けど、本当は、やっぱり寂《さび》しかった。とうさんや兄貴《あにき》と別々に暮《く》らさなくちゃならないことも」

麻琴は初めて私の方に顔を向けた。

「それが秘密《ひみつ》。こんなことだれにもいったことない。ほんというと、自分でも知らなかった。わたし、本当の気持ちを見たくなくて、自分からも目を背《そむ》けてた。でも、麻琴のおかげでいろんなことがわかったんだ」

それは本心だった。あの日、麻琴のおかあさんがどなりこんでこなかったら、母のことをずっと誤解《ごかい》していたかもしれない。父と過《す》ごした時間を思いだすこともなかったかもしれない。自分が家族から守られていることになんか気づかずにいたかもしれない。それに、もう麻琴と辺奈川《へんな》で会わないと決めてから、毎日がどこか物足りなかった。振《ふ》りまわされていると思っても、二人で過《す》ごした時がとても楽しかった。それが麻琴であっても、マコトであっても。

「東京《とうきょう》行った日、マコトが、ケイのこと大好きだよっていったの、知ってる?」

あれはマコトだった。

「わたしも好きだよ。ちょっとわがままだけど、宇宙《うちゅう》が好きなマコトのこと」

麻琴《まこと》はゆっくりと半身を起こした。

「あたし、……自分がわからない。自分が麻琴なのか、マコトなのか……。ケイは、マコトが好きなの? 麻琴ではなく」

私《わたし》はゆっくりと首を横に振《ふ》った。

「麻琴のことだって大好きだよ。わたしには、麻琴であっても、マコトでもどっちでもいい。どっちも同じ。どっちも好きだから」

「あたしは、ケイのことなんて、大嫌《だいきら》いだから」

麻琴はまっすぐに私《わたし》を見る。潤《うる》んだ目で。嫌《きら》い? いいよ。そういわれたって。

「それなのに、この間、ママにケイのことあれこれいわれて、切れちゃった。それで雨の中、飛びだして……」

麻琴のまぶたから、一筋涙《ひとすじなみだ》が落ちた。

「嫌《きら》いになんて、なれるわけないじゃない」

かすれるような声。唇《くちびる》をきゅっとかんで、麻琴はうつむいた。言葉が出てこなかった。

ずいぶん間をおいてから、私《わたし》は小さな声でいった。

「ありがとう、麻琴」

それからそっと額《ひたい》に手を伸《の》ばす。

「寝《ね》た方がいいよ。わたし、帰るから」

麻琴がすなおに横になるのを見て、私《わたし》は立ちあがった。

夕方、私《わたし》は辺奈《へんな》川まで行った。そしてゆっくり自転車をこぎながら、真坂《まさか》橋を越《こ》えてU市に入っていった。変わりない風景。だけど何かが変わってしまっていた。二人で歩いたこの場所、この橋は、本当にここだったのだろうか。何だか遠い日のことのようだった。

そのあとも、麻琴は結局学校には来なかった。それが風邪《かぜ》のせいなのか、それとも不登校の続きなのかはわからなかった。

十二

安那《あんな》は、せっせと授業《じゅぎょう》のノートを麻琴《まこと》に届《とど》けている。私《わたし》は、あの子にもいいところもあるから、という有美《ゆみ》の言葉を思いだしていた。そして、安那が私《わたし》に向ける表情《ひょうじょう》からはとげとげしさが引いた。それどころか、時々何かものをいいたげな視線《しせん》を向ける。でも結局、話しかけてくることはなかった。

私《わたし》は相変わらず一人だった。それを見かねたわけではないだろうけれど、放課後、校門を出たところで、クラス委員の玉川実花《たまがわみか》が声をかけてきた。

「どう、この学校に慣《な》れた？」

引っこしてきてから二か月以上がたっている。その問いはどう考えても時機を逸《いっ》していた。私《わたし》がそう思ったことにたぶん実花も気づいたのだろう。

「間が抜《ぬ》けてる」

と笑った。優等生《ゆうとうせい》でしっかり者だけれど、実花は少し不器用なところがある。そこがかえって好感が持てた。

「あたしね」

実花の表情《ひょうじょう》が、ふいに引きしまる。何をいうのだろう。そんな私《わたし》の一瞬《いっしゅん》の緊張《きんちょう》を悟《さと》ったかのように、また実花は柔《やわ》らかな笑みを浮《う》かべた。

「江坂《えさか》さんが、あなたにあこがれてるって、すぐわかった」

「……」

「あたしの席、江坂さんの少し後ろだから。江坂さん、いつも守口《もりぐち》さんのこと見てたもの。だから、あたしも何となく目がいっちゃって……いいよね、背《せ》が高くて」

「でも、男子にもてないよ」

と笑って見せると、実花は首を横に振《ふ》った。

「かっこいいと思う。四月に比《くら》べて、また少し背伸《せの》びてるよ、きっと。あたしなんて、もう止まっちゃった感じだけど。江坂さんは深江《ふかえ》先生とか、守口さんとか、ハンサムウーマンが好きなんだよね」

　また話が麻琴《まこと》にもどった。でも結局、それ以上麻琴の話にはならなかった。実花《みか》が空を見あげる。メガネのメタルフレームに日光が当たったのか、チカッと光った。それから私《わたし》を振《ふ》りかえり、

「ねえ、ちょっと角度を変えると、ぜんぜんちがって見えることってあるよね」

といった。その真意を読みとろうとするように、まじまじと実花を見つめる。けれど、そのちがって見えるというのが、ジャニーズのアイドルについてだったので、拍子抜《ひょうしぬ》けしてしまった。実花は意外にもミーハーというか、芸能通《げいのうつう》のところを見せて、熱をこめて、私《わたし》の知らないアイドルグループについて語り、私《わたし》はもっぱら聞き手にまわり、そのまま別れた。

　帰ってから気づいた。クラスメイトとあんな風にふつうに会話をしたのが、ずいぶん久《ひさ》しぶりであったことに。実花らしい気遣《きづか》いだったのだろう。そのことがすなおに嬉《うれ》しかった。あんな風に優《やさ》しいまなざしでさりげなく、心をくだくことができるだろうか、私《わたし》は。

　麻琴にとって、自分がいい友だちだといえる自信なんてまったくない。前に安那《あんな》に向

かってえらそうなことをいってしまったけれど、今、私《わたし》は麻琴のために何ができるのだろう。

金曜日の放課後、私《わたし》は深江《ふかえ》先生を訪《たず》ねて職員室《しょくいんしつ》に行った。

「先生にお願いがあるんですけど」

「何かしら?」

「あの……」

「らしくないわよ。はっきりいってごらんなさい」

「……あさってですよね、先生の結婚式《けっこんしき》」

「ええ、そうよ」

「ドレスとか、着るんですか」

「ええ。いちおうね」

「行っちゃだめですか」

「守口《もりぐち》さんが?」

「江坂《えさか》さんと一緒《いっしょ》に。会費制《かいひせい》ですよね。ちゃんと会費払《かいひはら》いますから」

「……どうして？」

「結婚式《けっこんしき》、見てみたいから」

「来週から期末テストでしょ。わかってるの？」

「はい。でも出たいんです。だめですか？」

「出たいわけを教えて」

「それは……いえません」

「じゃあ、だめ」

「お願いです！」

「もしかして、江坂さんのため？」

「……わかりません」

深江《ふかえ》先生はじっと考えこんでいた。

「条件《じょうけん》があるわ」

「何ですか」

「あなたがバレー部に入ること」

えっ？

部活を条件《じょうけん》にされるとは、意表をつかれた。運動は苦手ではない。けれど、部活は性《しょう》に合わない。バレー部は活動の盛《さか》んな部ではないけれど、週四日、放課後を拘束《こうそく》されてしまう。

私《わたし》は深江先生を見つめた。それから目を落とす。めずらしくスカート姿《すがた》の先生の、形の良いふくらはぎが目に入る。私《わたし》とは似《に》たところがあると話してくれた先生の脚《あし》。似《に》てるのかな、私《わたし》と先生……。私《わたし》は顔を上げた。

「……わかりました。バレー部に入ります」

「契約《けいやく》成立ね。じゃあ、特別に招待《しょうたい》します」

「会費《かいひ》はいくらですか」

「招待《しょうたい》だから無料よ。そのかわり、明日と試験《しけん》が始まってからはしっかり勉強すること」

「ありがとうございます」

私《わたし》は立ちあがり、深く頭を下げた。

けれど、私《わたし》にはまだやることがあった。麻琴《まこと》をつれだすこと。それより前に、麻琴のおかあさんを説得《せっとく》することだ。

私《わたし》は麻琴の家に向かった。麻琴の容態《ようだい》を聞くと、おかあさんはかすかにまゆを寄《よ》せた。

「熱はすっかり下がったのに」

「あの、来週から試験《しけん》で、もし、試験《しけん》休むと内申とかにも影響《えいきょう》しちゃいますよね」

「……そうね」

「お願いがあります」

「お願い？」

「わたしと麻琴をあさって、東京《とうきょう》に行かせてください。そのかわり、わたしが責任《せきにん》持って、試験《しけん》には必ず出席するようにしてみせます」

その場に手をついて頭を下げた。おかあさんは困《こま》ったような顔でつったっていた。

私《わたし》はもう一度いった。

「お願いします」

「でも、東京に何をしに？」

「深江《ふかえ》先生の結婚式《けっこんしき》です。麻琴が大好きなあこがれの深江先生。わたし、麻琴に先生の幸せそうな姿《すがた》を見せたい」

「英語の先生だったわね」

「はい。先生が来ていいって。でも、麻琴には会場に行くまで、だまっているつもりです。ただ、一緒《いっしょ》に東京に行こうと……」

「東京ねえ」

おかあさんはそうつぶやいてだまりこんだ。迷《まよ》っているようだった。そして答えを出さないまま、麻琴を呼《よ》びに立ちあがる。リビングの戸口のところで、お母さんは振《ふ》りかえった。

「この間、あなたにいわれて、思いだしたことがあったの」

「思いだしたって……」

「小学校の三年生ぐらいの時だったかしらね、麻琴が作文で書いたことがあった。将来《しょうらい》の夢《ゆめ》」

「何だったんですか」

ふと目の前に、竜《りゅう》の木が浮《う》かんだ。天翔《あまかけ》る竜《りゅう》。麻琴《まこと》がなりたかったもの。宇宙《うちゅう》飛行士？

それとも天文《てんもん》学者？

「南極越冬隊員《なんきょくえっとうたいいん》」

「南極《なんきょく》……」

「それも、報道《ほうどう》カメラマンとして。その時、麻琴がそんなものになったら、ママは寂《さび》しくて死んでしまうわっていってしまった。だめな母親ね」

悲しそうに笑って、おかあさんは出ていった。

数分後、おかあさんは麻琴をつれてもどってきた。

「麻琴！　わたしと東京《とうきょう》に行こう。麻琴にどうしても見せたいものがあるの。麻琴に見てほしい」

「見せたいものって……」

「行けばわかるから」

麻琴はじっと私《わたし》を見つめ、それから視線《しせん》を母親に移《うつ》した。

「守口《もりぐち》さんと東京、行きたい？」

麻琴は小さくうなずいたようだった。

「いいわ。行ってらっしゃい、麻琴。ママはあなたと守口さんのこと、信じているから」

麻琴のおかあさんはきっぱりといった。こうして、麻琴は私《わたし》と東京に行くことになった。

期末テストの前日に先生の結婚式《けっこんしき》に出るといったら、さすがに日頃《ひごろ》は放任《ほうにん》の母もあきれた顔をした。

「先生の結婚式《けっこんしき》なんて、またどうして？」

「麻琴のためだよ」

「……そうか」

「でも、自分のためなのかもしれない」

「そう。じゃあ、好きになさい」

母はあっさりといった。

「おかあさん、服貸《か》して」

「服？　服って、どの服？」

「あの紺《こん》のパンツスーツがいい」

「もっと中学生らしいかわいい格好《かっこう》で行ったらいいでしょう。結婚《けっこん》パーティーなのよ」

「宝塚《たからづか》の男役みたいなかっこにしたいの」

「まあ、好きなようにしなさい」

この時、私《わたし》は初めてわかった。母が耳タコになるぐらい口にする「好きになさい」は母なりに考えた上での容認《ようにん》だったことに。

私《わたし》と母の背《せ》たけはほぼ同じだった。でも、足は私《わたし》の方が長いから、母のズボンをはいてみたら、くるぶしが出てしまったけれど、しかたないか。

母は紫《むらさき》のコサージュも貸《か》してくれた。

「いつの間にかずいぶん大きくなっちゃったのね」

何だかまるで私《わたし》が勝手に成長したようないい方だった。でも、それが母らしさなのかもしれない。

十三

東京《とうきょう》に行く日、私《わたし》は初めて化粧《けしょう》をした。正確《せいかく》には母にしてもらったのだけれど。少し太めにまゆを描《か》き、髪《かみ》もスプレーで固めた。あとは麻琴《まこと》が来てくれるかどうかだ。でも、麻琴はきっと来る。約束《やくそく》したのだから。一瞬《いっしゅん》不安そうな顔になってしまったかもしれないけれど、母は気づかぬふりをして背中《せなか》を後ろからポンとたたくと、自分のケータイを渡《わた》した。

「ほしければ、買ってあげるよ、ケータイ」

「考えてみる」

さほどの必要は感じていない。でも、クラスの子たちが当たり前に持つものを自分も当たり前に持ってみるのも、たまにはいいかもしれない。もしも買ってもらえるのなら、麻琴のと同じ機種にしようと思った。

「行ってらっしゃい」

笑顔の母に送られて、私《わたし》は家を出た。

待ちあわせの時間に麻琴《まこと》は現《あらわ》れなかった。乗るつもりの電車に乗りそこねてしまった。家に電話してみようかと思ったけれど、がまんした。麻琴はきっと来る。私《わたし》がそのことを一番信じなければならないのだ。

そうして、十分後、麻琴は小走りにホームを走ってくる。ピンクのかわいらしいワンピースを着ている。三つ編《あ》みをほどいた髪が少しカールしていて、頭には服と同じ色のヘアーバンドをしていた。近づいてくる麻琴の口が「遅《おく》れてごめん」と動く。いいよ、来てくれただけで、という思いで笑いかけた。

「ケイ、やっぱり深江《ふかえ》先生と似《に》てる」

いきなり先生の名が出たので、ちょっとどきっとした。これから先生の結婚《けっこん》パーティーに行くことを麻琴はまだ知らない。私《わたし》はだまったまま麻琴の手を握《にぎ》り、電車に乗りこんだ。パーティーの場所は池袋《いけぶくろ》にあるホテルだった。途中《とちゅう》で道に迷《まよ》ったりもして、ホテルに着いた時には、パーティーの開始時刻《じこく》が過《す》ぎていた。

ホテルに入っても、まだ麻琴はどこに行くか知らない。私《わたし》はホテルの地下にある花屋さんに行き、オレンジ色の薔薇《ばら》を十本、花束にしてもらった。麻琴がけげんそうな顔で花を見ていた。そのままエレベーターに乗り、会場のある階まで上がった。降《お》りたフロアの正面に、〈平野康太《ひらのこうた》君、深江香津子《かづこ》さんの結婚《けっこん》を祝う会〉という案内板があった。

「……深江先生の？」

「そう。先生、この頃《ごろ》きれいになった。恋《こい》をすると、きれいになるっていうでしょ」

麻琴はとまどいをかくさずにおずおずと聞いた。

「あたしたち、ここに行くの？」

「そう。先生が招待《しょうたい》してくれたの」

「どうして？」

「麻琴が英語がんばってたから。それから、もっとがんばってほしいからだよ」

私《わたし》のいったことはうそだ。でも、口にしてしまうと、先生の心の中にも、少しはそんな気持ちもあるんじゃないかと思った。

すでに受付に人はなく、何だか気後《きおく》れしたけれど、私《わたし》は意を決して扉《とびら》を開けた。ぱっと明るい光が目に飛びこんできた。

おそるおそる中に足をふみこむと、ちょうど正面に、あざやかなブルーのロングドレスを着た先生が立っていた。先生の顔が輝《かがや》いた。やがて、若《わか》い女の人が私《わたし》たちに近づき、

「こっちにいらっしゃい」

と、新郎新婦《しんろうしんぷ》が立つそばのテーブルに導《みちび》いてくれた。

そっと辺りを見まわすと、みながほほえみながら私《わたし》たちを見ているようだった。パーティーは立食で、そこここに料理を取る人や、グラスをかわしながら談笑《だんしょう》する人の姿《すがた》があった。かた苦しい感じがぜんぜんなくて、服装《ふくそう》もはなやかなドレスやかっちりしたスーツの人に混《ま》じってふだん着の人もいた。

先生は、顔を輝《かがや》かせて、まず麻琴《まこと》に近づくと、笑顔で、麻琴を抱《だ》きしめた。

「よく来てくれたわね、ありがとう」

「かわいい生徒さんの登場で、香津子《かづこ》さんも感激《かんげき》ですね」

司会の人がいって、温かな笑いが起こった。先生は今度は私《わたし》の額《ひたい》を軽くつついた。

ふと気がつくと、先生の結婚《けっこん》相手の平野《ひらの》さんがそばに立っていた。平野さんの服は、ふ

つうのグレーの背広《せびろ》だった。胸《むね》につけた花だけが、新郎《しんろう》であることを表していた。四角い顔でメガネをかけたずんぐりとした人で、ハイヒールをはいた先生と並《なら》んでいると、かえって背《せ》が低いくらいだった。決してハンサムではないし、スタイルもよくない。でも、先生は本当に幸せそうな笑顔でその人を見ていた。顔が輝《かがや》いていて、こんなにきれいな先生を見たのは初めてだった。

「香津《かづ》ちゃんの生徒さんがくるって聞いて、楽しみにしてたんですよ」

平野《ひらの》さんがにっこり笑っていった。

「おめでとうございます」

となりに立つ麻琴《まこと》の表情《ひょうじょう》は少し固かった。でも、麻琴にだって、今この時、先生がどれほど幸せを感じているかはわかったはずだ。

この日のパーティーに出席しているのは友人中心で、長ったらしいあいさつなどなかった。歌で盛《も》りあげる人や、おもしろおかしく二人のエピソードを語る人もいた。私《わたし》はそれで初めて、二人が大学時代の同級生だったことを知った。新郎新婦《しんろうしんぷ》もマイクを向けられればたくさんしゃべった。それでも、私《わたし》たちは慣《な》れない大人たちの世界に緊張《きんちょう》していたのだろう。花束を渡《わた》し損ねたし、周りの人たちが気を遣《つか》って取ってくれる食べ物もあまりのどを通らなかった。

やがてパーティーが終わった。見おくるために戸口に立つ先生と平野さんに向きあった。

私《わたし》は先生に花束を渡《わた》した。

「かわいいお花ね、嬉《うれ》しいわ」

麻琴は先生をじっと見つめて、はじめて口を開いた。

「どうして結婚《けっこん》なんかしちゃうんですか」

考えようによっては、ずいぶん無礼な問いだった。でも、先生は静かにほほえんでいた。

「どうしてかな」

「それはね、」

平野さんが口をはさんだ。

「ぼくが結婚《けっこん》してくださいってお願いしたからなんだ。ぼくは、この人といるととっても幸せになる。そして、この人にも幸せになってほしいと願っている」

「結婚《けっこん》して、それで幸せになれるんですか」

「その努力を一生懸命《いっしょうけんめい》するんだ。社会の時間に憲法《けんぽう》の勉強したね。憲法《けんぽう》に幸福追求の権利《けんり》って言葉がある。でもね、ぼくは、幸せになろうって努力するのは人としての義務《ぎむ》じゃないかなって思うんだ。自分が幸せになろうって思わなくちゃ、人を幸せにはできないよね」

麻琴《まこと》のまぶたからぼろっと涙《なみだ》が落ちた。深江《ふかえ》先生は、指先で麻琴の涙《なみだ》をぬぐった。それから私《わたし》の手をつかむと麻琴の手をにぎらせた。

「今度、二人で家《うち》に遊びにいらっしゃいね」

「麻琴ときっと遊びに行きます」

そういって、私《わたし》は平野《ひらの》さんに向かって頭を下げた。平野さんがほほえんでいった。

「ありがとう」

麻琴の表情《ひょうじょう》はまだ固い。でも、私《わたし》の手をはなそうとはしなかった。

「ねえ、麻琴、もう一か所、つきあってほしいとこがあるんだけど」

「……どこ？」

「家《うち》。父のとこ」

麻琴はうん、と小さくうなずいた。

玄関《げんかん》に現《あらわ》れたのは父だった。兄は出かけているという。父はしばしば私《わたし》を見つめ、ぽつりといった。

「おまえ、かあさんに似《に》てきたな」

それから麻琴の方に目を転じ、

「やあ、いらっしゃい。とってもかわいらしいよ。桂《けい》とは大ちがいだ。女の子らしくて」

と笑った。麻琴は少し怒《おこ》ったようにいった。

「……あたしは、ケイみたいになりたいんです。女なんて、つまらないし損《そん》です。力もないし、弱いし」

父が私《わたし》に、どうしたのか？　という風な顔を向けた。でも、何とも答えようがない。しかたなしに話題を変えた。

「わたしたち、お腹空《なかす》いてんの。おにいちゃんに何か作ってもらおうと思ったのに」

「そうか、じゃあ、ぼくが焼きそばを作ってあげよう」

「おとうさんが？」

「まかせなさい。座《すわ》って待ってなさいよ」

「心配だから手伝う」

私《わたし》は父に続いてキッチンに入った。父は案外器用にキャベツを切りはじめた。

「実は、幹生《みきお》に教育されちゃってさあ」

「へえ」

「あいつ、九月から留学するんだ。台湾《たいわん》に」

「台湾？　何でまたそんなとこに？」

「台湾の少数民族のことを勉強したいんだって。ずいぶん前から考えてたらしい」

「そっか」

口うるさいなあと思う兄だけれど、外国に行ってしまうと思うと、ちょっと寂《さび》しい。それから、そんな風に何かしたいことがあるというのが、うらやましい気もした。

「母さんは知っているの？」

「どうかな」

でも、母のことだ。何をいっても「好きになさい」というに決まっているだろう。

「親に一言も相談なしに一人で決めちまって、くそ。あげくに、少しは家事もできないと困《こま》るぞ、だからな」

「親がだらしないと子がしっかりするんだよ」

「……そうかもしれないな」

「やだな、ジョークだよ」

父はフライパンを片手《かたて》に焼きそばを炒《いた》めている。その手つきは少しぎこちないけれど、私《わたし》はできあがった焼きそばに絶対文句《ぜったいもんく》をいうのはよそうと思った。

意外なことに、焼きそばはけっこういけた。

「おいしい」

と麻琴《まこと》もいった。ようやくはにかんだようにこぼれた笑みに、私《わたし》はほっとした。

食べた後で父のいれたお茶を飲みながら、私《わたし》は父に聞いた。

「ねえ、おとうさん、麻琴の前でなんなんだけどさ、本当のところ、どうしておかあさんと離婚《りこん》したの？」

それは、両親が離婚《りこん》した時から本当はずっと気になっていたことだった。でも、聞いてはいけないような気がして、親のことだ、自分には関係ないと思いこもうとしていた。そのことに、最近気づいた。

父は少し落ちつきなく視線《しせん》をさまよわせた。が、やがて静かな口調でいった。

「たぶんぼくが至《いた》らなかったからだろうね」

「好きで結婚《けっこん》したんでしょ。今日さ、英語の先生の結婚《けっこん》パーティーに麻琴《まこと》と行ったの。で、相手の人がね、人間は幸福になる権利《けんり》があるだけじゃなくて、幸せになる努力を自分でしなければいけないっていってた」

「うん、ぼくも賛成《さんせい》だ。もちろん、だれだってさ、不幸になりたくて道を選ぶわけじゃない。でも、生きていくうちには、いろいろなことが起こる。あの時ぼくは、かあさんの働きたいって気持ち、どうしてもわかってあげられなかった。それなのにかっこつけてさ、おふくろ……おばあちゃんのせいにしたんだ。ぼくはずるかった」

「今ならわかるの？　おかあさんの気持ち」

「うん。だいぶわかる。今なら、別れることはなかったかもしれない」

「でも、元にはもどれない?」

「そうだね。一度壊《こわ》れてしまったものはね。今は、いい友だち、かな。君のおかあさんは、おっちょこちょいで身勝手で、ぶきっちょだけど、見た目よりはずっと考え深いし、とてもチャーミングな人だよ」

うん、わかるよ、という言葉を私《わたし》は飲みこむ。かわりになぜか涙《なみだ》がにじんだ。

「彼女《かのじょ》にも、君にも幹生《みきお》にも、ボクは幸せになってほしい。それぞれが自分のためにその努力をしてほしいな」

「おとうさんもね」

私《わたし》は目をしばたたきながら、やや乱暴《らんぼう》にいった。

「あたしの親も、そんな風に考えるのかな」

ふと麻琴がつぶやいた。

「当たり前だよ。君の幸せ願ってるさ」

「でも……あたしの母は、あたしの希望とかあまりわかってくれない。本当は天文の勉強したいのに、将来《しょうらい》はS女子大の英文科に行けっていうんです。それが女の子の幸せだって。

あたしは、母みたいにはなりたくない。でも、女の人は弱いから……」

「親には親の思いがあるからねえ」

と父はつぶやいた。

「母が大事に思ってくれていることはわかるんです。あたし、小さい時に、祖母《そぼ》の家で木から落ちたことがあるんです」

「落ちたって、木登りしたの？」

父が目を丸くした。麻琴《まこと》は少しだけはにかんだように笑《え》みを浮《う》かべる。

「これでも、けっこうおてんばだったんです、小さい頃《ころ》は。その時、母が半狂乱《はんきょうらん》になって、あなたに何かあったら、わたし死んじゃうからって、で、祖母《そぼ》と大げんかになって。何で、木登りなんかさせるのかって。祖母《そぼ》のせいじゃないのに。それから、おばあちゃんの家に行けないまま、祖母《そぼ》は亡くなってしまった」

「その木が、竜《りゅう》の木？」

ささやくように聞いてみた。麻琴ははっとして、わたしを見つめる。

「そう。竜《りゅう》の木は、折れて、もう天翔《あまかけ》ることはできなくなった」

「でも、新しく見つけた。そうでしょ」

さっぱりわけがわからないだろうと思いながら、ちらと父を見ると、父は感慨《かんがい》深げにいった。

「竜《りゅう》の木か。前に住んでいた家の近くにも、竜《りゅう》の木があったっけなあ」

「何、それ？」

声がひっくり返った。

「桂《けい》、覚えてないか？　丘《おか》の上の……」

と、父がなつかしそうな目をして語りはじめた時、ふいに、あざやかな飛行機雲がよみがえった。手を伸《の》ばす。小さな手。あれは、私《わたし》の手だ。

「あの枝《えだ》、変な形だって、幹生《みきお》がいったが、おまえはそれが気に入って……」

知っている。私《わたし》は、そのことを知っている！

坂道をとうさんに肩車《かたぐるま》されて歩いた。かあさんと並んで、少し後ろを歩いていた兄が、ふいに走りだす。飛行機雲だ、といって。私《わたし》は空を見あげる。その時、目に入ってきた、あれは桜《さくら》の木だ。椎《しい》ではなかった。私《わたし》は枝先《えださき》に手を伸《の》ばす。小さな手を思いきり。肩車《かたぐるま》されてもなお、手は枝《えだ》に届《とど》かなかった。でも、いつか、きっとあの枝《えだ》に触《ふ》れるのだと、五歳《さい》の私《わたし》は思った。それは四人家族の、確《たし》かな思い出だった。

「あの時、型《かた》にはまることなく、自由に生きてほしい、そう思ったなあ。そこだけは、まちがいなく、夏子《なつこ》さんと一致《いっち》していた」

「そんな風に思える親っていいな。ケイがうらやましい」

「何をいってるのさ、桂《けい》だって、麻琴《まこと》さんだって、これからじゃないか」

「みんなが竜《りゅう》には、なれない」

「もしかして、麻琴さんは、親の愛情《あいじょう》が少し重荷なのかもしれないね。でも、自分の希望があるなら、口にしなければ、わかってはもらえないよ。君は、自分のやりたいことわかってもらう努力はしたのかな?」

一瞬《いっしゅん》、麻琴の表情《ひょうじょう》が固まった。

「君が何をしたいのか、まずは話してみないと。そりゃあ、親には親の考えがあるから、すぐにわかってはくれないかもしれない。でも、君が本気でやりたいことがあるなら、おかあさんもおとうさんもきっとわかってくれる、というか、わかってもらうまで、あきらめてほしくはないんだよ。少なくとも、桂にはそんな風に思ってほしい。なんて、父親失《しっ》格《かく》のぼくが、えらそうなことといえないけどね」

父は照れたように頭をかいた。

「でも、確《たし》かなのは、女の人が弱いなんて、そんなことないよ。男だって女だって同じ」

「だって、男の方が社会的な地位は高いし、力があるから。腕力《わんりょく》では勝てない。暴力《ぼうりょく》振《ふ》るわれたら女の人はかなわない」

「それはちがう」

めずらしくきっぱりと父がいった。麻琴はじっと父を見ている。

「じゃあ聞くけど、君は、暴力《ぼうりょく》を振《ふ》るうような人間が、人間として強いと思うのかな。ぼくはちがうと思う。むしろそれは弱い人間のすることだよ」

私《わたし》ははらはらしながら聞いていた。少し間をおいて、父がおもむろに口を開く。

「人間ってね、そんなにりっぱなもんじゃないよ。みんな弱さ抱《かか》えてる。けど、弱さに逃《に》げこむか、弱さに甘《あま》んじないで生きるかというちょっとの差が、案外大きな差になってくのかもしれないね」

「……」

「悩《なや》むのも勉強だよ」

父は明るく笑った。

「とにかく、ぼくは麻琴《まこと》さんに感謝《かんしゃ》してる。桂《けい》と友だちになってくれてありがとう」

その言葉はとても自然に私《わたし》の心に入り、胸《むね》に沁《し》みた。


帰り道、麻琴はほとんど口を開かなかった。でも、麻琴の表情《ひょうじょう》はこれまで見たどの顔ともちがっていた。駅についてから私《わたし》たちは当たり前のようにバスに乗り、真坂《まさか》橋で降《お》りた。この日も辺奈《へんな》川周辺の様子はいつもと変わりなく、水はゆるやかに流れていた。ふたりで同時に見あげる〝竜《りゅう》の木〟。南極越冬隊《なんきょくえっとうたい》に同行するカメラマンになるという麻琴の夢《ゆめ》は、天文《てんもん》学者に変わった。でももしかして、その間に宇宙《うちゅう》飛行士が入っていたかも。天翔《あまかけ》る竜《りゅう》。麻琴は何度かそういった。そのイメージとおとなしそうな外観とは、やっぱりちょっとそぐわなくて、麻琴自身もキャラにギャップを感じていたのではないだろうか。だから、マコトが必要だった……。

初めてマコトと出あった日のことがよみがえる。そして木からすっと降《お》りたったマコト。それから麻琴と腕《うで》を組んで歩いたことも。

もしかしたら、ここでマコトと出あい、同じことを考えたのだと思った瞬間《しゅんかん》から、私《わたし》たちが親しくなることは決まっていたのかもしれない。そういうと、麻琴は前を見たまま、ふふっと笑った。

「あたしがケイを誘惑《ゆうわく》したのよ、だって……」

〈だって〉、の後は何なのだろう。気になったけれど聞かなかった。

麻琴はゆっくりと顔を私《わたし》の方に向けた。心のおもりが取れたような晴れやかな表情《ひょうじょう》をしていた。

「今日のケイ、ううん、今のケイ、ステキ。さわやかな顔してる」

心のおもりは、私《わたし》にもあったのだ、たぶん。けど、やっぱりステキなんて言葉はおもはゆい。だから話題を変えた。

「おやじもたまにはいいこという」

「やりたいことのために努力するって言葉のこと?」

それは麻琴《まこと》がいわれたことだから、私《わたし》は首を横に振《ふ》る。

「弱さに甘《あま》んじないっていったこと？」

私《わたし》はまた首を横に振《ふ》る。

「ほかにどんなこといってたっけ」

「最後にいったこと」

「最後って何いったかしら、おじさん」

それは、桂《けい》と友だちになってくれてありがとう、という言葉だ。でも、私《わたし》はそれを麻琴にはいわなかった。

「試験《しけん》がんばりなよ、せっかく優等生《ゆうとうせい》やってんだからさ」

「ケイだって、勉強しなきゃだめでしょ」

「麻琴に教えてもらわなきゃ」

「……そうか。そうすればいいんだ」

一人納得《なっとく》するように麻琴はいった。

私《わたし》はもう二度とマコトには会えないかもしれない。でも、それを寂《さび》しいなんて思ってはいけないのだ、たぶん……。

次の日、麻琴はちゃんと学校にきて試験《しけん》を受けた。あんなにたくさん休んだのに、麻琴の成績《せいせき》は落ちることもなかった。さすが優等生《ゆうとうせい》はちがうと思った。

いつもどおりの日常《にちじょう》がもどってきた。けれど麻琴からは、以前のように安那《あんな》のいいなりになるという感じがなくなった。宿題も、写させるのではなく教えるようになった。あの日、橋の上でつぶやいたのは、そういう意味だったのだ。

安那なりの気遣《きづか》いなのか、帰る時など、

「守口《もりぐち》さんも一緒《いっしょ》に帰らない？」

と、誘《さそ》われることもあるが、うまく断《ことわ》っている。有美《ゆみ》のいうとおり、安那にもいいところがあるというのはわかるし、麻琴を大事な友だちだと思っていることもわかる。けれどやっぱり、私《わたし》とは反りが合わない気がしたのだ。

そんなわけで、学校ではあまり麻琴と話すことはないが、休みの日は一緒《いっしょ》に勉強したり――というより、勉強を教わったりして過《す》ごすことも多いし、時には辺奈《へんな》川まで遠征《えんせい》する。

辺奈《へんな》川で洋司《ようじ》たちの姿《すがた》を見かけることもなくなった。洋司は麻琴《まこと》につっかかることもなくなったし、私《わたし》に敵意《てきい》をこめた目を向けることもなくなった。表情《ひょうじょう》が大人びたような印象になり、言葉数が減《へ》った。男子って、あんな風に急に変わることがあるんだ、と思った。心の底に麻琴への好意を感じることもあるけれど、麻琴自身はそのことにまったく無とんちゃくで、それが私《わたし》には少しだけおかしかった。そして洋司が落ちつくと純一《じゅんいち》の行状も改まった。

私《わたし》にとっての大きな変化は部活。深江《ふかえ》先生との取引で、入ったバレー部だ。鷺山《さぎやま》中バレーボール部は聞きしにまさる弱小チームで、市の大会ではいつも出ると負け。意外だったのは、メンバーの中にクラス委員の玉川実花《たまがわみか》がいたこと。

私《わたし》が孤立《こりつ》していた日、声をかけてくれた実花だけれど、その実花がバレー部にいることさえ知らなかったし、実は興味《きょうみ》を持っていなかったことに気づかされた。あの時、角度を変えればちがって見えるといった実花。今、私《わたし》はその言葉をしみじみ味わっていた。

転校当初、全然見えていなかった同級生の顔。それぞれの後ろには今まで生きてきた時間がある。それがどんなものか私《わたし》にはわからないけれど、たしかに、十三、四年の時間があるのだ。

バレーボールなんて体育の授業《じゅぎょう》でしかやったことがなかったけれど、私《わたし》はあっという間にレギュラーになった。けれどすぐに、一人で走ったり跳《と》んだりするのとちがい、チームプレーであることを思いしらされることになる。呼吸《こきゅう》が合わない。私《わたし》の上げるトスをアタッカーが打てない。そんな私《わたし》がチームにとけこむことができたのは、実花がいたおかげだった。

実花は、お世辞にも運動が得意とはいえないタイプだ。鈍《どん》くさいというか、カッコ悪いとしかいいようのない失敗をする。それでもある時気づいた。時には失敗しても、実花はいつでもチームプレーに徹《てっ》している。そして、ともすればチームの中で浮《う》きがちの新参者である私《わたし》を、何かと盛《も》りたててくれた。懸命《けんめい》な実花の「カッコ悪い」がカッコよく見えてきた。

「何でそんなにがんばれるの？」

そう聞いた時、実花の言葉はシンプルだった。——好きだから。

入部して最初の練習試合は3—0のぼろ負けだった。けれども、第三セット、リベロの実花《みか》がひんぱんに出いりして先生の指示を伝える。実花はとうてい届《とど》きそうもないボールを追いかける。そうして、第三セットだけは、一方的なゲームにはならなかった。この試《し》合《あい》を通して、私《わたし》は鷺中《さぎちゅう》バレー部にとけこみ、チームは急激《きゅうげき》にまとまった。

バレーボールを、好きだから、とは私《わたし》にはいえない。本当に好きだといえるものが、私《わたし》にはまだない。でも、一つのボールでつながっていると感じられる瞬間《しゅんかん》は、不思議《ふしぎ》な高揚《こうよう》感《かん》に心が満たされる。そして、今、この時がとても大切な時間のような気がした。

懸命《けんめい》の練習が実り、秋の大会では一回戦を突破《とっぱ》した。相手も弱いチームだったとはいえ、深江《ふかえ》先生の喜んだことといったらなかった。試合を見にきてくれた麻琴《まこと》が、大声で「ケイ！」私《わたし》の名を呼《よ》んでいた。日頃《ひごろ》おとなしい麻琴の大きな声に、周りが目を丸くした。その時、私《わたし》は制服《せいふく》を着た麻琴の中に、マコトの姿《すがた》を見たような気がする。でもそれはほんの一瞬《いっしゅん》のことで、麻琴はすぐに大声を出したことを少し恥《は》ずかしがるように、うつむいてしまったのだけれど。

三年になって、麻琴とはクラスが別れた。麻琴は今、県立第一女子高校を目指して受験勉強に励《はげ》んでいる。将来《しょうらい》は理学部に進むつもりだという。一女は、私《わたし》が逆立《さかだ》ちしても入れそうにはない高校だった。私《わたし》はといえば、自分が何を目指して歩くのか、どこへ行こうとしているのか、まだ見えてはいない。でも私《わたし》と麻琴は、ちがう高校に進学し、別々の道を進むことになるのだろう。時とともに、会ったり話したりする機会は減《へ》っていくかもしれない。そういうと、麻琴は、「ケイってほんとにドライなんだから」と怒《おこ》るけれど。

でも、続きがあるんだよ、麻琴。

私《わたし》は、川風を受けてとなりを歩く麻琴に心の中でだけ語る。あの時のときめきとせつなさと、そして麻琴と二人だけでわかちあった思い。私《わたし》は、一生、忘れないと思う。

竜《りゅう》の木の下で出あった。同じように川の流れを追った。同じように思った。それは、私《わたし》と麻琴の、二人だけの秘密《ひみつ》だから。

作者　濱野京子（はまの きょうこ）

熊本県に生まれ、東京に育つ。『フュージョン』（講談社）で第２回JBBY賞を、『トーキョー・クロスロード』（ポプラ社）で第２５回坪田譲治文学賞を受賞。作品に『レッドシャイン』（講談社）、『碧空の果てに』（角川書店）、『甘党仙人』（理論社）、『ヘヴンリープレイス』（ポプラ社）などがある。

画家　丹地陽子（たんじ ようこ）

三重県に生まれる。東京芸術大学美術学部卒業。書籍の装画や雑誌の挿画を中心に活躍。主な挿画の作品に『夏のとびら』（あかね書房）、『碧空の果てに』、「サッカーボーイズ」シリーズ（ともに角川書店）など多数がある。絵を手がけた絵本に『ナイチンゲール』（フェリシモ出版）がある。

装丁　白水あかね

協力　有限会社シーモア

竜の木の約束

発　行　二〇一〇年一〇月　初　版
　　　　二〇一一年一〇月　第二刷

作　者　濱野京子
画　家　丹地陽子
発行者　岡本雅晴
発行所　株式会社あかね書房
　　　　〒一〇一―〇〇六五
　　　　東京都千代田区西神田三―二―一
電　話　〇三―三二六三―〇六四一（営業）
　　　　〇三―三二六三―〇六四四（編集）
印刷所　錦明印刷株式会社
製本所　株式会社ブックアート

NDC913 191P 20cm
ISBN 978-4-251-07301-3

http://www.akaneshobo.co.jp
★この作品は、第五一回毎日児童小説コンクールで最優秀賞を受賞した『二人だけの秘密』を大幅に加筆し、改題したものです。